盗戚君

桓宓——著

這世界上總有一個人的存在是特別的，
無人可與他比擬，是你心之所向、命之所護。

盜戚君

目錄

自序

很開心時隔三年又能跟大家見面，要跟等我很久的小天使們說一句：宓宓來啦！還要跟第一次認識我的人說：你好，我是桓宓。（音：環蜜）

《九嫿》上市後，有不少讀者到我粉專私訊告白，還有小天使找到POPO，說很感謝我寫出了《九嫿》。雖然寫作對我而言是一種停止不了的抒發，但能得到你們的肯定和喜歡，是我繼續下去的一大動力。

時隔三年，真的發生很多事情。

不是因為換工作需要重新調整作息和分配寫文時間，就是新環境的人事不那麼友善，需要花工夫去適應和消化，搞得連載一拖再拖……

因為如此，我的速度真的很慢很慢（也曾忽然斷更一去不回），但我的小天使讀者們，都十分體貼我，真的非常感謝！

我曾在《九嫿》後記說過，當初只是很簡單的想寫個關於「等待」的故事，因為在那段時光裡，我對於「等待」有了更深一層的體悟和感觸。

那個時候我正漫無目的的等一個人，不知道他什麼時候會回來、不知他還記不記得曾經說過的話。直到一年多後他才出現，可彼此都不是當初的樣子了。

但是我沒有不甘，也沒有遺憾，只有一種心安——沒有背棄自己對他的承諾，也沒有被外界煽動而離開的心安。

我做到了不負對他的心意，不負自己的心。

我很滿足。

寫這篇序之前，我真正結束了漫長的等待，驚覺寫《九嬥》時候的我，根本預言了我後面幾年的生活，驟然有一種設定的創作關鍵字在生活中實踐了的體悟。（每次寫書都像先預告後面的生活也太可怕XD）

這次的故事，我在設定的時候給了兩個字「靈犀」，也就是「默契」，還想挑戰一些有關江湖的東西，所以官與賊間有默契的設定就跑出來了。

我一直很喜歡情侶相處時能從眼神、動作去讀懂對方要什麼的情景，這樣的默契是在不知不覺間建立起來的，想想就很有愛——不用言語交談，心與心的交流最戳我！（捂心）

但最有愛的還是：對方在你不知道的時候，便試著與你思想、心境同步，願意花時間去理解你所想、所做，單向暗戀的設定就滿符合這個條件的。

我覺得靠守候熬出來的感情很美，等待的過程雖然會有掙扎疼痛，但若能等到心心相印，圓滿自然不用說。

可要是等不到呢？

我喜歡假設角色在感情中已預想「等不到」或者「求不得」。

故事中阿琈的心態，是用畢生去愛，就算沒有結果也沒關係。她跟在戚長君身後，透過他的步伐去了解他的為人，進而更喜歡這個男人。

他是她心尖上的白月光、朱砂痣，而她，可能不是個勇敢的人，可為了他，她能以一擋百。

這世界上總有一個人的存在是特別的，無人可與他比擬，是你心之所向、命之所護。

我真的特別特別喜歡這種設定。

這幾年我陸續寫過甜文、虐文，皆是因應生活抒發，也滿開心不論是刀還是糖，我的文都有人要看。

每一次開新文，我都很興奮，但隨著連載開始或是有書上市，我都會擔心有沒有人喜歡，每次都把自己搞得心理壓力很大XD

希望這一次的故事，你們也會喜歡。

然後幫忙安利一下身邊的好友，讓他們陪你一起跳坑！

也歡迎大家來我的粉專找我玩！

想要跟我近距離互動的話，請加入我的 line@：@vts9533x

最後，謝謝努力讓這本書面世的各位、謝謝一路走來始終默默陪著我的小天使們，謝謝你們的告白和愛意！（比心）

不論我今天是刀子精宓宓還是糖罐精，都請好好愛護我呀。

二〇二〇年三月　桓宓

楔子

飛雪絮絮，風聲呼呼。

城西的一處偏巷口前，一群乞兒扭打成一團，吵鬧臭罵、求饒哭泣聲不絕。

「銀子、那是貴人給我的銀子——求你們不要拿走！」

「狗子按住她！」

「不要！求你們了！那是我父親的救命錢！」

然而不論她如何哭喊求饒，手腳皆受箝制，緊握著碎銀的手心被人扳開，她瘦小身板只能任人宰割，毫無還手之力。

「哼，妳老子癆病鬼一個，早就半截身子入土的人看什麼病！我們餓了這麼些天，沒這銀子才是要死！」說完，就是一陣拳腳落在她身上，剛剛那股被她忤逆犯抗的惡氣終於順了下來。

為首那人拋著手中兩、三顆碎銀，領著一群與他年紀相仿的同伴走了，留下渾身是傷的小女孩兒趴在地上。

她看著眼前在爭執中摔破的碗，疼得說不出話，眼神空茫茫的猶如死水，愣了好半晌，似乎有了一點生氣，但隨後又被濃重的絕望感給包覆。

怎麼辦……父親咳得那麼厲害，又染了風寒，不看大夫、不吃藥，會死的啊……

她不要他死，他死了她怎麼辦？怔怔地，她將臉埋進手臂裡，像是終於反應過來還能用哭泣來發洩。

怎麼辦……誰來救救父親、救一救她啊？小孩子細弱的嗚咽聲不大，可是哭得人心抑鬱難受至極。

她絕望難過得很，沒察覺朝她而來的腳步聲，直到一聲溫和的嗓音在她頭頂響起：「起得來嗎？我帶你去看大夫。」

她抬起涕淚縱橫的臉，呆呆地看著眼前的人。

十歲左右的少年，卻有著極好看的容貌。膚似玉白，面容清麗，眉目間一抹少年意氣，些微冷冽又藏著極細微的溫柔——實在是生得太好看了。

他從懷中掏出一方素帕給她。「站得起來嗎？」

她沒敢接，坐起身來用手在臉上胡亂抹了幾把。「我沒事的。」

「不疼？適才哭得那樣難受。」

「我、我不是……」下意識的反駁在最後一刻收住口。她有些疑惑這樣一個衣著華貴的少年怎會出現在此，小眼邊怯怯地打量他，邊道：「……貴人來此有何要事……」

許多乞兒都會在城中各處給人傳遞、打聽消息，但大多都是混跡日久、人脈極廣的，只要能幫貴人辦事，就能得到一份不錯的打賞。

少年蹲著身子，憶起方才在巷口聽到的動靜，面不改色地看著她。「想同你問個人。」

「我、我見識不多，這裡也不熟，幫不了貴人的……」

「無妨。」他從袖裡摸出一枚銀錠，放到她手中，摸到她瘦弱細腕，方知是個小姑娘，他道一聲冒犯，又言：「楓葉巷內最大的宅子，主人可姓王？」

她趕忙點頭，深怕白拿了這銀子，急道：「是呢，家中還有十名美妾，聽說事兒可多了……」

他舉手拍了拍她的髮頂，絲毫不在意她多日沒洗頭。「到此即可。餘下的我無意再探。」

「……哦。」拿了他這麼多的賞銀，居然只說一句話，她替他感到虧大了。

「這錢拿著給妳父親看大夫，妳自己也記得上藥，別傷了手腳了。」他站起身。

遠方有一道呼喊傳來：「長君！」

少年應了一聲，頭也不回地走出巷子。身若修竹，背影亭亭如松，迎著天光而去。

她愣愣地瞅著他的背影，反應過來他剛才的舉動，不知哪來的勇氣喊住了他：「郎君！」

少年半側身，不解的眼神望來。

「謝謝郎君恩德！此恩來日必報——」

他一頓，半晌微勾嘴角淺弧。「不必。」

直到那身影消失，她仍跪在原地，緩緩彎身叩首；行完大禮，她捏著銀子，一刻不停的去找大夫。

雪不下了，冷風依然時不時地吹。

院門前一名身形單薄的男人披著陳舊的斗篷，邊咳著嗓子邊關門，腳步有些虛浮，彷彿下一瞬就會倒地。

「父親！」

伏義一驚，回身過去時，小小的人兒已竄到他面前，抱住他的腿。

「父親怎麼下床了，外面冷，我們快進去吧！」小手拉著他衣袖，不由分說將他帶進去。「我給您請了大夫，看了大夫您的病就會好了！」

伏義摸了摸她的頭。「我見妳不在，怕妳出事，想去尋妳。」他朝跟在後面的大夫頷首，低眸時見女兒衣上的腳印，皺起眉頭。

「沒事兒，阿鈺可機靈了。」說罷，怕他不放心似的，小阿鈺仰頭對他露出笑顏。

大夫診脈前，小阿鈺被伏義支開，屋內頓剩他和大夫兩人。

小阿鈺乖巧地坐在屋前的小階上，搓著手等著兩人出來。半晌門被拉開，她站起來，像個小大人一樣問大夫：「大夫，我父親是什麼病呀？是不是吃了藥就會好起來了？」

大夫撫著白鬍笑道：「風寒而已，幾帖藥下去便能見好。」

小阿鈺放心了，笑著送大夫出去，有模有樣地跟大夫約定好何時去取藥。回頭見父親還在屋簷下站著，她小跑著上前將他拉進屋裡。

「父親，你再休息一會吧，我去給你拿飯。」說著，小阿鈺跑出房內，被伏義拉住。「慢著些，先跟我說清楚怎麼回事。」

伏義邊說邊把她抱到他腿上，拉開身上的斗篷，裹住她小小的身軀。外面的風雪這樣冷，她一貫沒有禦寒的衣物，在外奔波半天必然凍壞了。

小阿鈺乖巧地窩在他懷裡，感受父親身軀日漸消瘦，心裡那股不安越發濃重，卻只能安慰自己吃藥就會好，她不能教他擔心……

她把自己被搶銀子的那段掐了，只說自己遇到貴人得了賞銀，接下來好多天都不愁吃飯和看病。

伏義曉得她是不欲他擔心，更是心疼，枯枝般的手輕輕地揉搓著她的手，與她說話：「咱們小阿鈺確實討人喜歡，機靈得很。」

「嘿嘿。」她得了父親的誇很是高興，害羞地往他懷裡窩去。

◆◆

晨時，天還未亮，咳嗽聲已斷斷續續，吵醒了小阿鈺。

「父親？」她揉著眼坐起身，可床邊無人，只有一床不甚保暖的被子和伏義的斗篷蓋在她身上。

她倏地驚醒，跳下床抱著斗篷往外頭跑去。

天邊熹微的光照亮了廊下那抹身影。

伏義扶著廊柱，咳得撕心裂肺，最後竟生生嘔出一口黑血，倒了下去。

「父親——」小阿鈺目眥欲裂。

費盡力氣將人扶到床榻上，她馬不停蹄地請了大夫過來，牢牢地盯著伏義，就怕他再出變故。

「大夫，我父親怎麼了？」

是上次那個替伏義看診的大夫。聽見她問話，他沉嘆了口氣，示意小女孩跟他出去。「妳父親不是風寒，而是中毒……這種毒太希罕了，老夫平生未見這般狠辣的手法……毒素已入臟器已久，全靠他修習多年的內力壓制，才得以多了這些時日，如今……也到頭了。」

小阿鈺木木的，好像聽不懂他說什麼。

恍惚間，她拉住大夫的衣袖。「大夫您救救我父親吧！我只有他一個親人，他不能去的——您是不是要更多一點的銀子？我、我會想辦法的，您幫幫我……」

「小孩兒，不是老夫不救，而是老夫無能為力啊！且這藥材極其難尋，亦耗費金銀——妳還是早早準備著吧。」

「我不！準備什麼！他不會死的！他不會！」大夫憐憫的語氣激化了她心裡的惶怕，她頓時歇斯底里起來。

「……阿鈺。」

極其虛弱、極其細微的一聲，驟然停住小阿鈺所有的舉措，她轉身奔回屋裡，撲到他床邊。

「在呢，父親，阿鈺在呢。」抽噎聲無法藏也不想藏，豆大的淚珠滾滾而落。

「怎麼哭了？」伏義艱難地撐起身子，小阿鈺扶著他坐起，他伸手抹去她的眼淚。「我這不是還沒死呢……」

小阿鈺聽不得，哭著撲入他懷裡。「父親，我怕——」

「不怕……我在呢。」他悶哼一聲，輕撫她背脊，忽地看見她袖口露出的腕間烙上幾點黑紅，他一恍，捉住她的手忙問：「阿鈺，這血怎麼回事？妳受傷了？」

「我沒受傷……」她吶然。

伏義一下子反應過來，她沒受傷，那就是他的血！

他心一緊，俯首察看她的狀況。「阿鈺有哪裡不舒服嗎？」他遭人下毒，血液亦含劇毒，他不知在她亦中毒的狀況下再沾了他的血，會不會引得她毒發。

她搖搖頭。

「父親，你難不難受？大夫……」

「沒事，不難受了。」伏義心有餘悸，將女兒攬在懷中，低低地與她說話。

本想著還能再多陪她幾年，沒想到日子竟過得這樣快……也是，自中毒那一刻起，他就沒能好好休養——無數仇人追殺，雖僥倖躲過了次次殺機，身底也不如以往了。

更何況，阿鈺體內的毒雖與他是同一種，可他不清楚她會如何發作，畢竟此毒的關鍵似乎取決於精元是否有損。他只能每隔一段時間就為她輸入真氣護體——種種治療，對他來說皆是耗損。

小阿鈺緊揪著父親衣襟不敢再說，岔開話題：「父親，你餓不餓？我請隔壁的大娘幫我熬粥，我去拿！」

「好，去吧。路上小心。」

「嗯！」

◆

那一日咳血之後，伏義的身體迅速地衰敗下去，小阿鈺嚇得不敢離開他半步，成天守著他。

就連睡著的時候，也要頻頻起夜去探他鼻息。

這一日早上，伏義的精神比起前兩天要好，小阿鈺跟他一起坐在廊下的憑欄上，他背靠廊柱，她坐在他懷裡，兩人叨叨絮絮地說話。

「……父親，你再多說些母親的事吧，我想聽。」

伏義抿脣淺笑，嗓音溫和：「說了多少次，要叫義母。小鈺兒有自己的爹娘，總有一日會找到的，現下改不了口沒關係，可之後——」

聽不得他囉嗦，她笑著打斷他。「知道了知道了，義父。」

「妳義母她是藥王谷少谷主，醫術卓絕，人也生得極好……雖然看著不近人情，卻是重情義之人。」

小阿鈺知道自己並非伏義的親生子，只是在亂中與家人失散後，記不起自己從何處來、是哪戶人家的孩子。

其實她是受他牽連，所以伏義將她帶在身邊教養，將她視若親生，她亦將他當作親生父親奉養。

相依為命兩年，彼此感情是極好的。

「那、那我們去求義母救命吧？義母那麼厲害，父親你一定會好的——」小阿鈺恍若看到生機，激動地拉著他的袖子。

「阿鈺忘記早前我們怎麼走來的？」

小阿鈺沉默。

她沒忘，也不會忘。

這兩年他們去過許多地方，荒村、旱地、屍堆都去過，就為了躲那天羅地網般的追殺。在這個小院子安穩太久了，她幾乎要忘了之前的生活從不安逸。

「況且……我如今身負臭名與眾多親友的血海深仇，是真不能給她添亂。藥王谷之所以地位超群，亦與他們對武林勢力毫不干預有關。且事發時她正閉關，我不想擾她。」他說起前事，面色依舊溫和。

「……不是父親做的事，父親為何要任他們潑髒水啊！」

伏羲輕笑一聲，而後嘆息，並未回答她的問題。「阿鈺，人之一生，求而不得、求而既得，皆因心欲。這世間萬物，若求而得之，妳歡喜；若求之不得，妳也不可忿怒，繼而入了心魔——知道嗎？」

小阿鈺聽得認真，鄭重地點點頭。他又說：「我們一起長大，我知他的驕傲，或許是我做錯事、說錯話惹惱了他……阿鈺，我本想將那個位置拱手讓給他的。可我不知他竟會做出這樣的錯事，為了這個位置，手足、同門情誼皆不顧。」

「他想要正統，可是血麒麟這等神物認主，意念不合，得不到傳承……他自己將局做成死局，如今只能用這種方式來圓了。」

這話對五歲的阿鈺來說有些高深了，她似懂非懂地問：「血麒麟是什麼樣的神物啊？能不能換金銀啊？」

伏羲失笑，捏了捏女兒頰肉。「妳這是掉進錢眼子了？」

「父親說嘛，血麒麟是什麼呀？」

「血麒麟是某任玉虛宮宮主取崑崙山翠玉加入靈能後，再用她麾下尊者的藥人之血製成的神物。因為充分浸淫藥血之氣和玉虛宮主靈力，可醫百毒也能成就難得毒藥，十分有靈性。想要得到血麒麟並使用它，必須得到它的認可，謂之『傳承』。百年前江湖大亂後群龍無首，當時宮主與幾位名望極高的武林耆老協議，選出了一位適任的武林盟主，並將此物交給他，之後血麒麟就成為號令武林中人的權柄了。」

小孩子總是對傳奇故事很好奇，又追問了幾個問題，伏羲一一答了。

父女兩人在廊下坐了一個時辰，伏義撐不住了，低低咳了幾聲，小阿鈺便趕著他去睡一會。

伏義睡著的時候，阿鈺也沒閒著，去街上繞了一圈，盤算著剩下的銀子還能買點什麼讓伏義補補身子。

晃了一周打點好之後，她便回到院子，伏義已經醒了，披著斗篷站在門口等她，神色溫和。

「我們小阿鈺越發能幹了。」

「嘿嘿。」她不好意思地笑了笑，正要說話，伏義忽地拉過她，將她扯到床邊，氣息凝重，但仍努力溫和地對她說：「阿鈺，義父不能讓傳承落入他人手裡，也不能讓它在這裡斷了，所以……傳承就給妳守護好不好？今後好好活下去，若是可以，去藥王谷找妳義母，請她救妳。」

女孩抓住他的手猛搖頭。「我不要！義父你別丟下我！」

「阿鈺，如今的我護不住妳。妳還有親生父母掛念，不能死！義父的女兒，她那麼小就沒了，以後妳替她活下去、替妳的妹妹活下去，好不好？」

「我——」

她話不及出口就被他劈暈，小小身軀軟在他臂彎。

伏義垂眼看著她，眼中盡是憐惜。為了不讓傳承落入師兄手裡，他只能連同他的內力一起，將傳承暫時安放在阿鈺體內，來日若是阿鈺有了造化，或許傳承會認她為主——伏義拉開她衣領，兩指相併將指腹按上她胸口，淺微的紅光轉瞬即滅。

做完這些，他將小阿鈺用斗篷裹起來藏到床底，關上門後走出庭院，還不及走到巷口，來人已至。

四、五個武林人，還有一、兩位門派長老。

「如今你倒是親自來了。」伏義停下步伐，鎮定地將人全掃過一眼，最後定在披著黑色斗篷的人身上，輕聲一笑。

黑衣人：「強弩之末，還這麼能折騰，我想著是最後了，總該過來給你收個屍。傳承交給我，我保你輕鬆死去。」

「傳承已經被毒化掉了。」

「你胡說！那可是血麒麟的傳承！」

「你不信，那我也沒辦法。師父苦心傳給我的基業，無論如何也不能交給你這一手帶起腥風血雨的人——化掉了也好。你一輩子，都贏不了我的，師兄。」

「伏義！」黑衣人怒極，當頭一掌劈過來。

已失大量內力又無傳承支撐的伏義，在幾招對峙之後很快落敗，被黑衣人一掌打落井邊，當場斷氣。

黑衣人還不解氣，一一把伏義的四肢扭斷，斷肢形成極為詭異的姿勢，衣裳染滿如墨黑血——

破敗到極致，竟莫名生出一股頹然壯麗。

黑衣人殺了他之後，卻惱恨地一舉擒住他的脖頸，生生將他的頸也折了，隨手扔在地上。

「這……」旁邊的同夥忍不住出聲。「拿不到傳承，該如何是好？」

黑衣人陰惻一笑。「沒了就沒吧，他人死了，這盆髒水是洗不掉了。還望諸位前輩明白，我們是同一條船上的人。」

幾人心中一抖，連忙稱是，隨著黑衣人一塊消失在這無人問津的院子。

◆❖◆

小阿鈺醒時，已是深夜。

她已有許久不能安睡，伏義劈暈她倒是令她好生休息了一會兒。

憶起昏倒前他的舉動，小阿鈺心中滿是不安，從床底爬起來，就開始在院子裡找人，最後在巷口看到死去多時的伏義。

他渾身皆是被人凌虐的痕跡。

小阿鈺顫抖著跪下來，想伸手去碰他，又怕她弄疼他，又心疼氣惱又不知所措。

「父親……」終於摸上他的手，已經僵了許久，凍得跟冰稜似的。

心底那抹企盼被這寒涼的溫度徹底擊碎，她膝行兩步趴在他腿上大哭。「父親！父親！爹——」

她在冬夜裡嚎啕，可這回再無人哄她。

不知哭了多久，眼睛腫疼、全身僵冷，她愣愣地趴在他腿上。

她想：就這樣吧。父親死了，她也跟他一起去。他身體不好，總要有人去照顧他的。

她有些艱難地抬起頭，想問他好不好，衣襟扯動間，有東西從她懷裡掉出來，她探手去摸，是一個繡工精緻但有些陳舊的香囊。

香囊染了塵土、血跡，早已分辨不清顏色，只依稀能看出上頭的花樣是芍藥。

她坐起身拉開繩子，將裡頭的東西倒在手上——兩枚玉珮。

她見過。

刻著「鈺」的那個，是她與親人失散時帶在身上的，父親說那是她與親人相認的信物；另外一個，則是父親親生女兒的。

他親手所刻，要給自己的女兒，然而仇家將她扼於襁褓。他沒能幫自己的孩子收屍，便把玉珮帶在身上思念她。

——阿鈺，她那麼小就沒了，以後妳替她活下去、替妳的妹妹活下去，好不好？

——阿鈺，活下去。替父親守護好傳承，好不好？

腦海最後一幕，是他懇切的請求。

她哭得弓起身軀，將兩枚玉珮緊緊握在手中，心疼得幾乎要死。

好久好久，她說：「……好。好……父親，我替妹妹……替妹妹活下去……幫你守護傳承……幫你……報仇！」

世間欺你寬厚良善，縱使前方屍山血海，我也要踏進去——為你討一個公道！

春紅樓裡頭的姑娘個個嬌豔水靈，面容無一不好，說話也輕聲細語，去年的花魁更是春紅樓的頭牌，不少達官貴人因此在此設宴，使春紅樓成為城中數一數二的青樓。

為了好好安葬伏義，小阿鈺將自己賣給春紅樓當粗使丫頭。

她一無所有，待伏義下葬後，她便拎著簡單的包袱進了樓。

起初，小阿鈺和十幾個姑娘住在一起，連著七日被人好吃好住地供起來，一點活也沒做。

第八日一早，鴇娘領著兩個嬤嬤前來。

「都起來了！挨個排好，動作快些別磨蹭！」

小阿鈺本就淺眠，幾乎是鴇娘開口，她就醒了，十幾個姑娘起身，先下床站好的排在隊首，阿鈺則不慌不忙地整理，恰好讓自己排在隊伍不前也不靠後的位置。

鴇娘瞧了眼前一排個頭高矮不一的姑娘，清了清嗓子道：「我春紅樓買下妳們，不全是要當粗使丫頭的，只要妳們願意同樓裡的姑娘們一樣，便能繼續吃香喝辣，日後出息了，榮華富貴更是握在妳們自個兒手上。」

「願意受我春紅樓栽培的站出來，不願意的就幹活。想好了該怎麼選，對妳們自個兒的前程才是好的……」
十幾個小姑娘聽完話，面面相覷，這幾日相處下來較為熟識的，隨即交頭接耳嘰嘰喳喳起來，小阿鈺垂下眼，捏緊袖子，心裡已選好了路。
她不清楚這些人是否曉得答應鴇娘之後，即將在日後面臨什麼，可她跟著父親一路闖蕩，見識不少，很明白這樣光鮮亮麗的背後，過的是怎樣的日子。
「阿鈺，妳選什麼？」
排在她身後的小姑娘湊到她耳邊輕問，目光忐忑地遊走。
「……不動。」
「啊？」小姑娘愣了愣，才反應過來她不願意。「那、那我隨妳一起。」
小阿鈺不解地瞥她一眼，小姑娘朝她怯怯地淺笑，沒有再說話。
這頭她們兩個竊竊私語時，已有不少人站出去，也有幾個人低著頭捏著裙角，似乎在掙扎。
鴇娘卻不給她們猶豫的時間，朝兩個嬤嬤使了眼色，其中一個就領著願意留下來的姑娘們出門了。
留下的只有小阿鈺和她身後的女孩，以及一旁的三個姑娘，那三人個子稍長她們兩個，小阿鈺記得她們恰好都差一歲，最高最大的那個今年十一。
「既然妳們選擇做粗使丫頭，便不要偷懶，今日過後，就是奴、是婢。方才那些人，現在起是妳們的主子了——要有不聽話想逃的，我頭一個就先弄死她！」

幾人抖著身子應了聲是。

◆◈◆

接下來的日子不太好過。比起剛來那七日，這十幾天每日都有不少的活兒要做。

春紅樓一般傍晚才開始營業，但小阿鈺等人的活兒卻得從一早做到晚上。有時貴人在春紅樓歇下，大半夜要熱水、酒水小菜，都得有人去備。

而今又逢人手不足，買回來的丫頭還有一批被當作新的妓子培養，粗使丫鬟一個人便得抵三個人用。

可即使如此，小阿鈺也不後悔。

半個月過去，她每日睡不到兩個時辰，但心底有盼頭，每日的精神還是不錯的。

今日一早，花字房的客人喊了早膳，還點名讓小阿鈺去送。

思及那房客人的德行，她心裡有些抗拒，當下便跟嬤嬤商量能否換個人，可被嬤嬤責備了好幾句也沒能推掉這差事，只好去了。

她之所以抗拒去花字房，乃是因為花字房的客人在她伺候的兩三次裡，總是對她毛手毛腳，眼光又極為赤裸貪婪……她雖是對男女之事一知半解的孩童，也感到相當不適。

只希望她進去時，能有哪位姊姊在裡間伺候著吧。

思緒翻轉間，小阿鈺人已經到了房外，方出聲，門即被拉開，熏香從裡頭裊裊散開，她低下頭微微屏息。

「來啦，把飯端到桌上吧。」

聽到是男人的嗓音，小阿鈺頓時渾身緊繃，道了聲是之後，端著盤子入內。

她將盤子放上桌，眼角不經意往旁邊的屏風一瞥，綽綽的人影正在梳頭，小阿鈺心下稍安。

「若無其他的吩咐，小的先下去了。」

「等等，蕪宴還沒出來，妳來替我倒酒。」

小阿鈺雖想快些逃離，但客人的話不得不從，只好上前。

春紅樓一向將客人的話奉為旨意，要是違逆客人的意思，她討不了好。

她邊乖順地斟酒，邊想著房內還有一人，客人應當不會放肆，依言把酒滿上後，她躬身要退，卻被一把擒住手腕。

「貴人這是要做什麼！」小阿鈺心尖一跳，忍不住喊出聲，渾身繃到極致。

「做什麼？」屏風後傳來一陣嗤笑，嬌嗲的嗓音隨人影移過來。

「小丫頭，妳還不知道呢，這沈家公子是特地等妳的。」

什麼意思？小阿鈺僵在當場，不知是不是錯覺，空氣中的香味驟然濃烈起來，她不適地搖了下頭，發覺視線內的人物都模糊起來，身體內好像有把火在燒……

是熏香！

嬤嬤交代過，樓裡有時會點上助興的催情香，曾叮嚀她們在味道散後再去打掃，但大多時候都是房間已沒有味道了，才會有人叫她們整理。

她不曾遇過這種狀況，對後面要發生的事情亦懵懂，可是她清楚的知道不能再留在這裡。

「沈爺，妾身把這丫頭片子給您帶來了，您是不是也該獎賞一下妾身？」嬌滴滴的嗓音搭上半軟的柔嫩纖軀倚在他胸膛，又撩得他心頭火起。

小阿鈺越看越怕，拚著還有清明的意識，一口大力地咬上對方的手；沈公子痛得鬆手，一個耳刮子揮過去，竟然落空！

小阿鈺拔腿就跑，一路往大門口跑，腳步匆惶踉蹌，驚了不少人，房內的沈公子推開燕宴捏著手出來，沉下臉吆喝著抓人。

小阿鈺一路狂奔不敢回頭，腦子暈沉，心跳極快，身後春紅樓夥計的叫罵聲緊追著她不放，京城偌大，她竟不知能往何處躲藏。

街上來往的人瞧著，不敢攔阻，紛紛閃避讓道，小阿鈺不過五歲年紀，步伐小又中了藥，才拐一條街就被追上了，一鞭子被人甩翻在地。

後背火辣辣的疼，手腳磕地磨出了鈍痛，還不及爬起，腰窩就被人重重踩了一腳，她悶哼一聲。

「跑？我叫妳跑！」說著，又是一鞭下來，當即打得她皮開肉綻。

她慘叫一聲，渾身灼燒似的疼，痛得全身蜷縮，然而她腰窩被人死死踩住，她只能乖乖挨打。

她很久沒這麼疼了。

每次疼的時候都有父親抱著她哄她……她想父親了，好想好想他。

父親，阿鈺跑不動了，阿鈺要死了……阿鈺死了的話，是不是就可以去找你了？

誰能來救她……她疼，真的好疼啊。

她數不清自己挨了幾鞭，正當她以為她要斷氣的時候，鞭子卻再也沒落下來，然後在她茫然模糊的視線中，好似又看見那個給她銀子的貴人。

他蹲在她身前，撥開她因倉皇奔跑而散亂的髮，她看清他的樣貌——確實是他。

「沒事了。」

她安心地暈了過去。

那道溫和的嗓音，帶著一束不容黑暗掩蔽的光，照亮了她的世界。

他又救了她。

——要是這次她能活下來，等她為父親討回公道，她的命就給他。

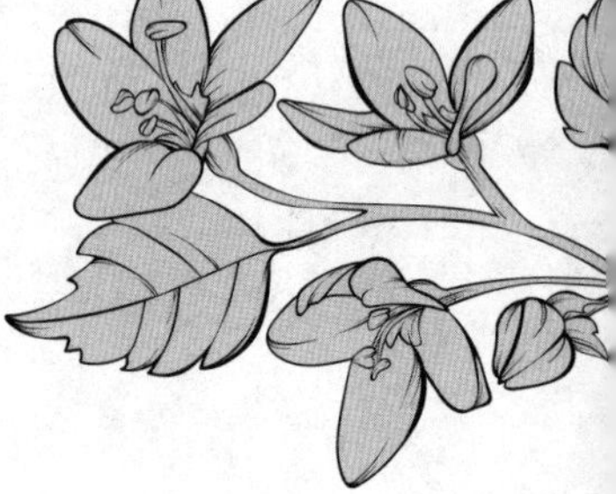

一章

月黑風高夜，某府邸內院卻亮如白晝。

高牆紅瓦下，站著一排弓箭手，朝著屋簷上的纖影一通亂射，只見那道身影翩然起舞，在月下宛若豔麗飛舞的蝶，看花了弓箭手的眼。

竟是一支都沒射中！

靈動的身形往後翻去，恰好停在宅外的樹上，她俯眼掃了一圈，底下的張大人咬牙瞪著她。

她勾起脣弧，十分壞心地將手中的寶盒晃了晃。

「張大人，這琉璃八寶金環，小女子就收下嘍。」

話落，眾人只見身形一閃，在微弱的光下踏月離開。

「雲琈妳給本官等著，本官早晚把東西拿回來！」

雲琈挑了挑眉，攬緊懷中寶盒揚長而去，將身後的怒吼拋出老遠。

一路施展輕功，半刻後她已到城外小亭。

與她相約交物的人早等在那裡。

飄然落地後她將懷中的東西拋過去，對面的男子上前一步，伸臂將寶盒攬進懷中。

「小心點，這八寶金環可值黃金百兩呢。」男人皺眉唸道。

「摔不壞的，盒子內有機關呢，這點晃動沒事兒。」雲琈走到他面前，朝他攤開掌心。

「銀子又不夠用了？」男人一愣，從懷中掏出錢袋遞給她。

「不是銀子，是消息。」雖然要的不是銀子，但銀子也該補上了，收好錢袋她又攤手。

他瞪她一眼，將紙條遞出。「妳還是收斂點，戚長君要回來了，他這次的差事與我們有關，妳少沾，省得對閣主不好交代。」

雲玶全當沒聽見，看完紙條上的字，收掌一捏，紙條化成碎屑。

「那可不行，有恩得報恩呀。更何況，師父她知道的。」

「閣主知道不錯，但她會讓妳為了他對計畫不管不顧？之前妳三番兩次替他盜得敵軍布陣圖跟重要情報，更助他躲過敵方毒藥，讓他順利度過幾次生死大關，這恩情還沒還完嗎？」

雲玶捻著下頷，月光下她的容顏美如牡丹，顰起眉來動人心魄。

「嗯……還真還不了呢。戚君對我的恩情足可讓我以身相許，既然能許終身，那就是我夫君了呀。」她挑眉，又補一句：「保護好夫君，也是避免我年紀輕輕就守寡啊。」

還是這樣不正經。偏偏有賊心沒賊膽。男人腹誹完，連忙道：「閣裡有筆生意，要吳尚書府中的如意鎖，接嗎？」

雲玶頓住腳步，側過身子問他：「他府中的如意鎖是何寶貝，竟要我們出手？」

「聽說是崑崙山百年美玉所製，世上僅此一個，再加上前朝雕刻大家親自雕琢，價值更甚八寶金環數倍。如意鎖被吳家重重看守，閣中探子去看過，回道那寶庫機關唯妳能破。案主出價黃金萬兩，九一分帳。」雖說九一分帳已是極大誠意，但她素來不缺銀錢使用，案子接與不接都是隨她心情——

雖然她本人堅持那是原則。

見她擺手，他心一沉。

果不其然，她下句話就說：「不接。戚君奉命回京，我得趁這機會截下他，哪還有空去瞎折騰。」話未說全，她人早已飛出五尺之外，一句話幽幽地飄了過來——

「你也要體諒一下我呀。別的閨女這年紀早許人當娘了，我怎能還在苦海裡打滾呢？你們總說相公能用買的，用買的還不如用偷的呵……」話音隨著夜風傳來，連結尾的輕呵都沒漏掉。

男人反應過來，瞠大了眼。

偷相公？不是吧……偷誰都好，妳可別去偷戚長君啊！

◆◈◆

夜色沉沉，月華為天邊雲朵鍍上銀邊。

魯城客棧小院內的大樹上，一抹纖影安坐，俯眼巡視院中景況。

趕了一天的路，終於來到戚長君的落腳地；雲琈顧不上休息，直接飛到他院外的樹上守著。

偽。

照這路程，再三天戚君就到京城了……她得找個時機避開他，一驗血麒麟的真

雲朵蔽月，銀華黯淡不少，風中陡然出現細微的聲響，眨眼間，東邊的院子角落竄出幾道身影。

她蹲起身子，素手搭上腰間軟鞭，戒備地看著他們，順便衡算著時機。

他們確認目標所在的地點後，便筆直地往她守著的房間奔去。

就在為首那人踩進院門之前，她一躍而下，一鞭甩了過去！

軟鞭盪起咻咻風聲，只聞兩個聲響，為首那人的手筋已被她挑斷，趁著所有人還來不及回神，她再旋身甩過一鞭，俐落的兩響暗藏千鈞力道，重擊得兩人當場倒地，動作快得不可思議。

腳下如浮花掠影，素手翻轉之間帶過鞭聲數響，閃過急刺而來的銀芒暗刺，她身形飄忽翩翩，不過眨眼，那六名黑衣刺客皆跪倒在地。

雖已極力壓抑此處動靜，但習武之人向來耳聰目明，打鬥方至一半，客房的窗戶已被人打開。

她側頭仰望，正見戚長君看來。

月光落下，點點光華在他臉上，為他俊美無匹的臉龐更添冰霜，眉眼並無半點波動。

她有些不好意思地往後退了幾步，微斜身屈膝朝他一禮，對他表示驚擾他休息是

她不對。

行完禮，她轉身朝那群黑衣人道：「回去對你們的主子說，他要血麒麟儘管去找，但誰動了他，我就挑了誰的根！」

黑衣人互相攙扶，恨恨地瞪著她，咬牙忍痛道：「雲琈，別以為小小梁君閣能和我們作對。不管血麒麟在何處，它終歸是我們主子之物！走！」撂完狠話，六人狼狽地遁入夜色之中。

雲琈聞言不語，彎起脣弧，似笑非笑地目送他們離去。

待他們全部撤離，她轉身往前方的窗看去，戚長君還站在那裡，微蹙眉盯著她。

霎時間難言的心慌密密泛起，她垂下首朝他再行一禮，便消失得無影無蹤——以至於她沒有聽到，窗邊之人的嘆息。

倉皇遁去的雲琈不敢離得太遠，選了個不會讓戚長君發現，自己又能好好守著的樹上待著。

回想起方才那幕，她哀怨地將手貼上額頭，泫然欲泣。

「還是吵到他了……阿琈啊，妳的輕功都白練了嗎？速度怎麼不能再快些呢？這麼笨如何能保護好他，難道妳忘了，曾發過誓就算不要命，也要保護好他嗎？」

一句句碎唸都是對自己的指責，其實雲琈的輕功身法在江湖之中數一數二，若論速度，當今武林，速度能比她快的決不超過五人。

正因為她來去如風，身姿飄然如謫仙，又能幻化千百種面貌來迷惑世人，江湖中人才為她取了「千面盜仙」的封號。

剛才在戚長君面前的表現，思來想去實在太丟臉，雲琈心情更加沮喪，幾個跳躍之後落在身後空屋的房梁上。

自我檢討的同時，她心裡也不停的盤算：那群人被她打退後暫時不會再來，但真正的危險是進京之後……

若是真的還好辦，但要是假的……她眼神一斂，周身氣息頓時沉了下去。

◆

晨光未明，薄曦朦朧。

官道上一小隊人馬快馬奔馳而過，而在這奔騰的隊伍之後，依稀有一道身影緊緊跟隨。

不緊不慢、不慌不忙地維持一段拿捏得當的距離，氣息隱密地幾乎讓人無從察覺。

戚長君駕著快馬，領著親兵護衛往前進，但天黑前趕不及到下一座城池，只能在途中的森林內過夜。

他們都是訓練有素的士兵，再加上從上一個鎮子離去前物資都準備齊全，這會兒露宿野外也沒有問題，但是——

侍衛們將馬拴在樹上後，各自分工，生火的生火，備食的備食，有條不紊的進行被分配的工作。

戚長君朝護衛長示意了下，逕自走到一旁的林內，一路上跟隨的黑影也隨他的腳步移動。

他停下腳步，微仰起頭，婆娑樹影間，一抹人影蹲身扶著樹軀垂視他。

「……下來吧。」他道。

知道行蹤暴露，雲琈未再試圖隱藏自己。

「昨晚桌上的字條，是妳留的吧。既是如此，何必大費周章。」

雲琈啟脣欲言，又不知從何說起，最後只道：「護送將軍回京後小女子便走，將軍對小女子之舉若有不喜之處，請再忍耐一會……那群人為達目的不擇手段，小女子這也是為了護將軍安全。」

他眉眼半分未動，然而重重葉影之下，他未能看清她的表情。「他們，要的是我手上之物。妳，不也是為此而來？」

「小女子確實是為將軍手中之物而來，但又不完全是——總之，小女子未曾想過要強奪。只想辨識一下真假罷了……」

「既要辨真假，妳這一路始終不露面，又要如何驗證？」他道，嗓音低沉醇厚，引人迷醉的音色，偏又淡然得有些冷酷。

雲琈欲哭無淚，不知道該怎麼朝他明說——她其實不敢正面明視他？

梁君闍內就沒人不知道，大煌朝年少有為、俊美無儔的定北將軍戚長君，是她兒時的救命恩人。

為了他，她數次隻身潛入敵國軍營，以身犯險；只要對他有益，不管是多麼困難離譜的事情，她都會去做，不惜任何代價。

雖她本人一直說是報恩，但閣內有誰不知，她是嘴硬不肯承認——

連命都能豁出去不要，這輩子守身如玉、終身不嫁的情感，分明就是愛慘人家了。

偏偏！平日調戲師弟時，那副風情萬種的模樣，在看到戚長君後，全都消失得無影無蹤——徹頭徹尾變成靦腆無措的小姑娘，讓有幸見到她這面的師弟皆忍不住大喊質問她：姑娘您哪位？我們那巧笑倩兮，笑得禍國傾城的妖孽師姊呢？

她久久沒有出聲，他也沒有半點等候過久的不耐。

雲玙終於回答：「小女子自有方法可以驗證——」

未竟之意不用說白，聰明人都懂。

他頷首，少頃又問：「軍機圖、解藥，是妳？」

雲玙一愣，一張小臉尷尬得不行，已然要冒煙。

「……是。」她細聲應答，聲音小得不仔細聽就會漏掉。「小女子自知將軍智勇無雙，小女子這點微末本事，於將軍面前上不得檯面……但將軍為國效力，小女子雖是一介女流，若能幫得上忙也不會袖手。」話說到後頭，連她都不知自己究竟在說什麼，又想表達何意。
她說這話實在太可笑，欲蓋彌彰簡直不要更明顯，但他不知是沒發現，還是發現了卻沒明說，總之沒有戳破她。
「不管如何，總歸是救了我軍一命。軍中用水遭人投毒，毒性猛烈，若不是姑娘取得解藥，情況也不會那麼快就獲得控制。」他又退了半步，朝她拱手一禮，以表謝意。
他如此鄭重的感謝，讓她更加不知如何是好。
對雲琈而言，為戚長君做任何事都是應該的，這樣的誠懇和低姿態她不習慣——甚至有些受寵若驚。
「姑娘對我軍有恩，若是要驗血麒麟真偽，在下還是能通融一二。」話鋒一轉，他又說：「但驗過之後，姑娘要如何？拿走血麒麟嗎？」
話語直接，神情淺淡，月光下那玉樹臨風之姿更顯清冷端美。
雲琈不由得看呆。
大煌朝中誰人不知，定北將軍戚長君，俊美無匹，容貌之美，當世之最，舉國上下無人可與之相比。
若是它物，只要他一句話，她盡可放棄不取，但血麒麟不行。他手中那個若是真品，她必然要取走。
血麒麟如今已被人拿來作局，誰都可以在這局裡，唯獨他不行。

她抿脣，暗嘆一氣。「血麒麟從不是皇室之物，只是被皇家保管著，如今更是被人拿來當餌——皇太后身中奇毒，也是有心人陷害，將軍此番帶回的血麒麟如果不是真的，牽連該有多廣……將軍可知？」

「那姑娘可知，憑妳，無法從我手中拿走血麒麟。」

雲琈苦笑。「小女子曉得。將軍英勇震懾大煌邊境，保衛疆土數載，豈是小女子這等小人物可以相比的。只是為了這血麒麟，已有太多人受害……小女子亦是局內之人，早晚躲不過。」

聞言，他皺起眉。

她也止住續說的念頭，放柔了語氣：「將軍請回吧。在您進京之前，小女子必不讓不該出現的人，現你之前。」

他甫啟脣，便覺她氣息一匿，竟是迅速遠離了。

她若不願再談，多說也是無益——可他前來，除了要問血麒麟之事，更是要說：這野外危險不平，她一女子孤身在外多有不妥，還是跟他們一道……

眼下看來，他的擔心倒是多餘了。

戚長君回眸一望，緩步走回營地。

◆◆

三更欲轉四更之時，戚長君睜開了眼，他眸光一掀，不遠的護衛也先後醒了過來。

手掌搭上腰間長劍，眾人戒備四周動靜。

戚長君眉間倏地一蹙，朝身側的侍衛長使了個眼色，便一人提劍往前方而去，腳下生風，一瞬不曾遲疑。

離前方尚有七尺之距，一陣氣旋當場爆開，他拂過煙塵看去，那抹纖影背對他，單膝蹲在地，右手軟鞭匍匐在側，左手緩緩擦去脣邊血跡。

「輕功身法不錯，可惜內息不夠渾厚……雲琈，憑妳一人也想與我們作對，這膽子是不錯，可腦子就不夠了！」

對面三人，一人站在她身前，剩下兩人各站她左右，將她團團包圍。

因想將她逼退，故留了退路。

本來三人奉令前來，從沒想過要跟戚長君硬碰硬，只想先探查一陣，回去覆命後待主子下令定奪。

誰知他們連戚長君的人都還未見得，雲琈已擋在前頭，不讓他們再進半分。加上昨晚潛入戚長君院中時，雲琈出手傷了他們的人，現下雙方一言不合隨即大打出手。

「膽子夠就行，我跟你們這群老人家可不一樣！」語罷，雲琈直起腰桿，甩了甩手臂，掌中的鞭子也同時被她注入真氣，登時筆直如劍。

言下之意，就是對面三人的膽子不夠用，需要以三個人欺她一個才敢大聲說話。

「妳！」為首那人聞言，當下發怒；怒喝才出，隨即便止了後音，甚是戒備地瞪著她身後。

雲琈自有所感，手中軟鞭頓時卸去力道，柔軟溫順地垂在身側，挺直的背脊不鬆反緊。

她覺著自己額前都沁出汗了。

「幾位前輩星夜而來，在下有失遠迎。」

真的是他！

這個認知讓雲琈心頭一抽，當下就想哭出來，面上雖然不顯，但秀眉已擰起——她本想在他來之前將這些人全打退，不要費他一毫力氣的……怎麼又搞砸了呢……

「這……不敢勞將軍大駕。」為首的青衣老者，連忙拱手道。

戚長君側身提劍擋在雲琈面前。「這位姑娘乃是戚某恩人，不知幾位前輩有何指教，戚某在此代恩人領受。」

「不不……我們並無惡意，只是想見戚將軍一面，奈何雲姑娘咄咄逼人，這才動手——武者之間的切磋，皆是點到為止，斷不敢傷人性命。」

戚長君淡瞥他一眼，沒有接話，眸光卻飄向她唇邊未及拭去的血痕。

「嗯。內腑受創，也是點到即止。」

三人的臉色頓時沉下，左側的黑衣人忽道：「磨蹭什麼！要奪血麒麟就趁現在，我們三人難道還攻不下這兩人嗎？索性一不作二不休，搶了東西便走！」還不等話落，他率先動手，先發制人，一道凌厲掌風往戚長君打去！

雲玤連忙揮鞭去擋，半途卻被戚長君給攔住，壓下她的手腕，一劍劃了過去。劍芒如虹，沉厚的內勁一下子卸去掌風勁力，黑衣人不料攻擊被人當頭化解，狼狽的躲開，仍受劍鋒所傷。

右側的檀衣青年見狀，提劍往戚長君打去，青衣老者見兩人先後都動了招式，也不再忌憚退卻，心想不如就將兩人擊殺在此，如此東西得手，也不會教人知道被何人取走。

主意一定，他的招式便大開大合起來，三人輪番上陣，攻勢便形成銅牆鐵壁，戚長君和雲玤皆受掣肘，一時半刻脫不了身。

若撬不開一個口突破，他兩人會生生被耗死在裡頭！

戚長君思及此，停了往前攻去的心思，他側首想叮嚀她一句，只見雲玤不知何時已停了攻勢，只在他附近移動，並未貿然進取。

他道：「……這樣不行。」

雲玤手腕一翻一轉，又幾鞭打過去，不錯眼地盯著三人，只分神瞥他一眼，道：「好，小女子掩護將軍。」

她竟洞察了他的心思。

他只說了一句，她就知曉他要如何做了？

戚長君剛挪首避開一道掌風，雲玤已出招迎敵，戚長君瞅準時機，長劍劍氣一凝，隔空拉出一道絢爛劍花！

隨著這道白芒而起的還有重如千鈞的推山之勢，往右側那名檀衣青年而去，鐵壁護網一破，排山倒海的攻勢霎時也失了泰半威力，黑衣人不甘，在青衣老者卻在下令收手撤退的同時，一掌朝戚長君打去！

「將軍！」雲琈瞠大眼，鞭不及援。

戚長君扭身一避，躲去大半力道，掌刃擦邊而過，劃開他胸口襟領，錦盒從他懷中掉了出來。

錦盒暗扣被震壞，一塊雕工精緻的血紅美玉彈盒而出。

雲琈收勢再揮一鞭，將血玉捲到手中，趁勢一看——

巴掌大小、暗紅成色，雕刻的圖案是血麒麟，但是——只是肖似的假貨罷了。

短短幾息間，雲琈已辨出掌中血麒麟真偽，在戚長君走來之時，把血麒麟還還他。

「……要還我？」問出這句後他有些意外，訝異的不知是自己的問話，還是她的反應。

「這是贗品。」雲琈豔美的臉龐上已有幾分凝重。真血麒麟不見蹤影這點，讓她心中沉晦。

戚長君凝眉，語氣沉了些：「如何分辨？」

雲琈肅著臉，月光柔和，她容顏豔麗，絕色染了層飄渺的銀輝，頗有幾分仙人之感。「傳聞真品在首部這裡有一團烈火紋，極易辨認。」她指著手中的血玉，又道：「此玉以雕工和玉質來說，都屬上乘，倒也是難得之物。」

「傳聞？妳也未曾親眼見過？」

雲琈抿脣，綳著神情點頭。

戚長君把它收回懷中。「既如此，妳如何斷言此物是假？」

雲琈掙扎半晌，緩道：「血麒麟乃玉虛宮贈與武林的神物，此等靈玉非常人不能號令，需由盟主用特殊方法驅使……小女子剛巧知道確認主玉關聯的法子，即是憑這點辨別。」

戚長君一頓，驚訝於她的坦誠。「妳輕易將此事告知我，沒問題嗎？」

雲琈一愣，他突如其來的關心，令她小臉瞬間彤紅，無措地往後退了兩步，垂下首不願再看他，連忙岔開話題——

「之前所言，還望將軍細想。天子欲尋血麒麟，乃是望其能解太后之毒，如今此物非血麒麟，貴人之毒也危在旦夕……還是盡早拿出個對策才好。」雲琈朝他疊手一禮，轉身就走，並未回頭再看一眼。

戚長君一人在原地，目送她的背影僅幾個跳躍就離開他的視線。

幽影迷幻步……男人斂下眼，若有所思。

二章

入京城後，戚長君只回府稍作整理，便直奔皇宮。

他於西北大捷之時，恰好與受景元帝命令執行任務的暗衛相遇，知悉他們一行人為了太后中毒之事，私下找尋血麒麟的下落；不知消息如何走漏，暗衛們竟被人一路追殺，遇見他時一隊人已剩不到一半。

事關太后，又有朝廷與武林人間暗中角力的隱憂，他怕再有變數導致情況難以收拾，索性脫離大軍凱旋隊伍，領一小隊親兵護送暗衛和血麒麟回京。

故他此趟回京少有人知，眾人皆以為他隨大軍行走，要半個月後才會到達。

早收到飛書消息的景元帝已在御書房等他。

不等司禮太監唱名，景元帝已揮退左右，賜座於他，連君臣之禮一起免了。

御書房內唯剩他兩人，房內的薰香極淡，卻有安神奇效。

「你說這血麒麟是假……那真品在何處？」景元帝瞥了眼擱在書案上頭以血玉雕刻成麒麟模樣的贗品，抬眼問他。

「臣已下令查找，除了穆盟主，梁君閣亦在尋此物。」戚長君道。

景元帝一掌拍上桌案，很是氣怒。「哼！要不是梁君閣以下犯上，盜走皇宮寶物，事情也不會這般難以收拾！」

戚長君稟告：「皇上息怒。寶物已丟失，臣再查找就是，當務之急還是太后鳳體安康。」

兩個月前，皇太后無故在寢宮內昏迷，御醫看過之後道皇太后身中奇毒，宮中御醫無法解毒，只能每日變換湯藥，延緩毒發之刻。

後來宮中大總管提醒，據說存放在藏寶閣內的血麒麟乃是武林寶物，能解天下百毒、延年益壽，景元帝便命人前去取物，這才發現血麒麟早已被盜。

血麒麟由世代武林盟主守護，亦被視為是武林盟主專持的信物，十八年前交給朝廷後，就一直被供在藏寶閣內。

此時的武林盟主穆陀效忠朝廷，血麒麟作為用來號令江湖人的信物之效用便不高了，只是東西畢竟是在朝廷手中不見，不論血麒麟是否還有其他作用，一旦被武林人士發現信物消失無蹤，兩方人馬難免會起齟齬。就算盟主穆陀壓著他們不教他們與朝廷為難，卻難免寒了人心。

此事現在雖被祕密壓下，又能壓住多久？更何況尋找血麒麟的消息不知被何人洩漏，如今武林盟主和梁君閣都在暗找血麒麟的下落。

「御醫只能抑制太后體內毒性，不知是何毒，便難以根治。」皇帝說到此處，神色憂鬱憤然。「穆盟主也發出布告徵求能人異士、廣尋天下醫者來為太后解毒，不過——你也知道高人或常年雲遊，或隱於山林，不插手世俗之務，與其等待這渺茫的機會，不如想方設法找出血麒麟。關於血麒麟的卷宗，已經全部移交給京兆尹了，你等會先去他那裡看看，若有不明白的，問他就是了。」

「是。」戚長君站起身，朝皇帝行禮後就要退下，卻被他叫住——

「長君，你剛從西北打了勝仗，又馬不停蹄的護送暗衛回來，辛苦了，西北之亂已平，你就暫時別回去了。尋找血麒麟一事事關重大，現交付於你，待此事辦成，便好好待在京城享福吧。」

戚長君回：「……是。」

「你年紀也不小，梁府的小千金也等你好些年了，該找時間把你們的婚事給辦了吧。」

「蒙陛下費心，此事等血麒麟找回再議吧。」

景元帝微笑，也不再言。「嗯，去吧。」

「微臣告退。」

◆

出了御書房，戚長君先去藏寶閣調閱有關血麒麟的資料，才出宮往京兆衙署而去。正好日落西山，街上已無甚行人，不必擔心會被認出。

找到血麒麟為太后解毒一事至關重要，京兆尹每日戰戰兢兢過濾上千條消息，再派人一一查實，此舉甚是費時費力，但沒有更好對策的當下，暫時只能如此。

戚長君到衙署時並未讓人通報。他與京兆尹梁子玨、景元帝自小相識，三人中以景元帝為長，戚長君與梁子玨年齡相仿，兩人相交多年，周遭的官員皆知。

戚長君還未走近，已聽見書房裡的人在來回踱步，感覺十分焦躁。

「梁大人。」他在門邊停步，輕喚一聲。

門內之人立時停住，奔也似的打開了門，見到是他，開心地瞪大了眼。

「長君！我還以為皇上是騙我的！你真的先回來了——」說著，一拳打在他肩上。

戚長君沒有躲，挨了他這不痛不癢的一下，朝他身後的桌案看一眼，梁子玨已會意，趕忙將他迎進屋內說正事。

「聖上已交代，你此番從西北回來後，便要協助我尋找血麒麟下落。關於血麒麟一事，你知道多少？」梁子玨邊說邊倒茶給他。

他與戚長君兩人從小一起長大，即便多年不見，感情依舊不錯，更何況戚府和梁府還有娃娃親，戚長君將會娶他的妹妹。

戚長君接過茶盞，淡道：「聖上說血麒麟遭竊，太后所中之毒需要血麒麟來解，我在西北時遇到皇上派去尋找的暗衛，一路護送他們回京，已約略了解狀況。不過東西雖帶回來了，卻是贗品。」

「贗品？」梁子玨瞠目，不可置信。「怎麼可能！聽聞血麒麟難有仿品，乃是因為其玉種特殊——你讓何人鑑定，如何得知是假的？」

想起月下靦腆無措又智慧果敢的女子，戚長君默了一會，才言：「我不知她是何人，只知她名喚雲琈。」

「雲、琈？」聽到這個名字，梁子玨瞬間變臉，牙關都咬緊了。

戚長君不明所以，頷首表示他沒聽錯。

「千面盜仙——」梁子玨磨牙似的吐出四字後，從桌案上邊抽出卷宗往他遞去，邊跟他解釋。

「長君你久未歸京，所以不知這『千面盜仙』的名號，可響亮了——」說起來又是長長的故事，梁子玨舉杯啜了口茶，復言：「這血麒麟也與她有關。」

戚長君抬眸瞧他一眼，梁子玨知他意思，潤了潤嗓子繼續說：「八年前宮裡玉露寶瓶失竊，就是她出的手。那次出手讓她聲名大噪，一夜成名，後來京城裡陸續又有幾樁竊案都與她有關。因她身姿飄然如仙，又能幻化千種面貌，江湖人稱『千面盜仙』。全城通緝這麼多年了，也沒有半次能將她逮捕歸案！再繞回來說，那玉露寶瓶雖是八年前失竊，但我懷疑她那晚拿走的不只寶瓶。」

「可藏寶閣總管清點時，確實只有寶瓶丟失。」

梁子玨撇嘴，這點他也知道，但千面盜仙神出鬼沒、從不失手，誰知道玉露寶瓶是不是幌子？他就是不相信滿閣樓珍寶，她會只取一樣！

「梁君閣少閣主？」戚長君修長指尖正好翻頁，第一句即讓他擰眉。

梁子玨點頭，繼續補充：「這還是我聽說書人說的。據說她是孤兒，五歲那年被梁君閣閣主撿回去，閣主見她資質不錯，便收她為徒。你也知梁君閣閣主終身未嫁，未有兒女，雖說是她的徒弟，但誰都知道是繼承人。」

戚長君頷首，表示知曉。

卷宗內剩下的也沒什麼了，不外乎就是何年何日在何處盜了何物，每一樁案子皆不了了之。

「我記得京中護軍，也有身法不錯的，捉不了嗎？」合上卷宗，他隨手放在小几上，呷了口茶。

完全說到點上了！

梁子玨哀嘆一口氣，抱怨中亦有不解：「還真沒有！都說她所習身法乃是幽影迷幻步，且她身姿靈巧、輕如飛燕，確實挺難抓到。而且，一旦她脫離追捕者的視線，即可換成不同樣貌——目所能及時都很難抓到她了，何況是換了臉的？」

「不過現在我可不怕了。」他咧嘴笑，拍了下戚長君的肩。「我有你這個幫手，定能捉到她，將她逮捕歸案！」

戚長君睨他一眼。「未必。」

「為何？」

對他和皇上來說，這天下間就沒什麼事情是他戚長君辦不到的，若非如此，皇上也不會在他帶回西北降書時就讓他接手這事。

現在他本人竟說未必——難道他已經和千面盜仙交過手了？

可也不對……長君武功不低，怎可能連雲琈都打不過？雲琈有那麼厲害？

「記得去年我軍被敵方投毒一事嗎？」

「當然記得！」

「投毒之後，我軍立勝，也記得嗎？」

梁子玨開始覺得不對勁了……長君少言，說話從來言簡意賅，很少會把話分成多次。

但他仍是回：「記得。你說你因緣際會，得到敵軍軍機圖。」

戚長君頷首，在梁子玨驚疑的目光中，緩道：「為我軍偷得解藥救命、盜軍機圖助我軍以少勝多的——都是她。」

「你說什麼——」京兆尹梁大人，有些受不了這個刺激，抱著頭癱倒在椅榻上。

「所以，只要不耽誤太后鳳體，我不會動她。」

梁子玨：「……」他覺得心好涼，人生好困難。

他尚未從這個噩耗中回神，外頭已有僕人在喊：「大人、大人——不好了！那個千面、千面盜仙、出、出現了——」

不等僕人跑到門邊，梁子玨蹭地一響到了門邊，戚長君在他之後起身。

「在哪裡出現？」

僕人一抬頭就撞見自家大人，趕忙煞住腳步，喘了喘氣後指著後頭。「城、城東……」

「她這次偷了什麼？」梁子玨耐著即將飛奔出去的步伐，再問。

「還、還沒拿到呢，洛家的護院將人團團圍住了。」僕人道。

「她失手了？」梁子玨微訝，邁開的腳步，忽地踩住。

此話一出，戚長君凝住了神色。

「這、這個小人不知……傳話回來的大人沒說。」

「先走再說。」戚長君扯過梁子玨的手臂，拉著他一塊走。

兩人快步走出院子，府衙門口，衙役已將馬牽到門前，兩人翻身上馬，往城東洛家奔去。

「長君，這事兒不太對啊。」梁子玨將方才心中有的存疑道出後，不等戚長君附和，又說：「先別說她從不失手，光能將她團團圍住這點，已夠令人匪夷所思了……她的『幽影迷幻步』可是數一數二的身法啊。」

戚長君頷首，同意他這番分析。「也可能是幌子，誘我們前去。」

她的輕功他看過，真論速度，當世的確難逢敵手。

「誘我們前去？你說調虎離山？」梁子玨忖度了會，不很確定地道：「可能她想偷的不是洛家，而是其他門戶，才需要將我們先引走？」

戚長君搖頭。「未見之前，不得下定論。」

兩刻之後，兩人一前一後到了城東洛家。

洛家乃是大富之家，宅邸占地百畝，其中庭院小橋流水、亭臺樓閣皆美不勝收，雖是夜晚，燈影下露出的輪廓亦不失磅礡柔美。

今日因千面盜仙之事，從門口外到庭院裡都擠滿了人。

奴僕侍女手中皆舉火把，遠視洛府，已然白晝之況。

戚長君和梁子玨先後下馬，總管連忙上前來迎。「勞煩大人親自前來一趟，請大人隨我入內。」他恭敬地行完禮後，便側身讓道。

總管以為戚長君是他的下屬，便只朝他點首，對梁子玨說：「我家主人已將千面盜仙圍在築花小苑了。」

「你們將她圍困多久了？屋內半點動靜都沒有？」路上戚長君那句「也可能是幌子」，讓梁子玨一路來的不解，擴大成了重重疑點。

總管回答：「約莫半個時辰了。府上本就有護衛把守，小苑內又有機關，盜仙一到，就網住了。動靜是有，但不大。」

梁子玨微皺眉，心裡的疑惑更甚。先別說一個洛府用的是怎樣的機關，就論守衛，難道皇宮禁軍還比不上他府裡侍衛嗎？

但雲琈照樣來去自如。

而且，她會乖乖待在原地讓人網住而不脫逃？這根本不可能！別說她了，任何一個大盜都不可能束手就擒。

除非……機關之難，讓她逃脫不了。

暗疑才剛升上心頭，身側的戚長君就好似明白他所思，目視前方淡道：「機關能困住她，但僅有一盞茶的時間。」

梁子玨恍然。「對！卷宗提到過，五年前她破了德業寺的金剛羅漢陣，就只花了盞茶的時間，後來陸續破過幾個機關，都不超過這個時長。」

戚長君點頭，朝迴廊外的某處屋簷瞥了眼，止步不前。

「……非是本人。」

「咦？」梁子玨聞言，跟著止步，愣愣地看向得出結論的戚長君。「若被關的不是她本人，那——」本人在哪？

他話還沒問完，身旁的人已經躍上屋頂，披戴月色而去。

「喂——」

◆

洛家府邸西南角屋簷上，月光銀輝投射而下；層層疊起的漆瓦遮蔽大半月光，讓下一層的屋頂蒙了大片陰影，不細看就會漏掉上面的兩道人影。

雲琈和師弟小十六帶著師妹小十七來到洛府練手，兩人一直在對面守望師妹，就算洛府出動了多名護院將小苑團團圍住，他們也不驚慌，可不知怎地，兩人竟在下一瞬打了起來。

空氣中軟鞭揮舞的聲響乍起瞬落，快得不細聽就會錯過，隨之而起的，還有男人的哀號——

小十六被雲琈打趴在屋瓦上，毫無反手餘地。

「噭！師姊饒命啊，再打下去會死的、會死——」

雲琈此時已氣到七竅生煙，哪管面前趴在地上的是同門師弟？抽了十幾鞭不夠，這次她伸腳踩住他的腰。

「死？你大爺的，自己都作死了，還怕我弄死你？」踩了腰不解氣，又踩了他後背一腳。「教你散播謠言、教你胡說！你讓說書人空口白話，把將軍和我扯在一起，你讓他的清譽怎麼辦？」

她手腕一轉，一鞭抽到他耳旁，啪啦的風聲響在耳畔，差點晃聾了他。

「師姊饒命啊！小十六錯了還不行嗎？」躲不過索性抱住頭，小十六繼續說：「可是師姊，這消息傳出去壞的不是將軍的清譽，是妳的才對啊。啊啊啊，師姊我錯了！小十六壞的是將軍的清譽啊啊啊——」

「號小聲點，你想害了小十七嗎？」

雲琈瞪他一眼，又甩了一鞭到他屁股上，小十六嗷嗷兩聲，頗為哀怨地道：「師姊啊，這是真的收不回來啦，說出去的話如潑出去的水，說書人這幾日在茶樓還叨唸著沒有好題材可以說呢，師姊就——嗷！師姊我說錯話了！可是小十六此事沒做錯啊，不認！」

「你大爺的，長姊如母你敢不認？」又是刷啦一聲。

「嗷嗷，師姊，小十六冤啊！啊！真冤！師姊妳鐵了心不讓將軍蹚這渾水，可人家是定北將軍、皇上的左右臂膀，只有讓天下人都以為你倆是一夥的，教皇上起疑心，才能讓將軍跳出這渾水啊啊啊——小十六想念二師兄，啊啊啊！師姊好凶殘啊嗷嗷——」

眼。

忽然，鞭響停了，小十六抱著頭，遲遲沒有等到鞭子落下，不由得睜開茫然的眼。

感覺到踩在他背上的腳挪開，小十六第一個想到的就是被發現了，趕忙從地上跳起，反將雲琈護在身後。

這一定睛，他就愣住了。

……要命。前面這兩個，不是京兆尹梁大人和師姊的心上人……戚將軍嗎？

他有些僵硬地轉頭，朝身後的雲琈望去——

她比他更僵硬。

纖軀繃得死緊不說，臉上的表情也一言難盡，雖已泫然卻又強裝鎮定，不知是要擺出柔美溫婉的臉孔，還是要端著平淡無波的神色。偏偏不管哪個，都遮掩不住她即將淚灑的模樣。

不用別人說，她這尷尬到想鑽地洞的心情，旁人都看出來了。

也對，被心上人見著自己正在河東獅吼，的確連想死的心情都有了……十六忽然同情起自家師姊了。

梁子玨第一次見到雲琈這樣複雜的面貌，再加上方才聽到的話，頓時了悟。

倒是戚長君視若無睹，撇頭看往築花小苑。「那裡，也是妳的人？」

雲琈緩慢地頷首，緊張感從手心冒了上來。

戚長君。「取物？」

她的身子因他這兩字放鬆些許，朝他輕應：「嗯。聽聞洛家築花小苑裡有面隱牆，暗格無數，小女子帶師妹來練練手。」

「師姊……」十六沒料到雲琈竟然全盤托出，拉了拉她袖角。

若這裡只有戚將軍也就算了，但是人家京兆尹也在這裡啊，被拖到牢裡可不是好玩的。

雲琈橫他一眼，十六隨即默默閉嘴。

「妳膽子挺大的，見到本官，妳大言不慚就罷，還妄想從本官眼皮子底下偷走東西，當本官泥捏的？」梁子玨抽出腰間長劍便要朝她攻去，被戚長君攔下。

「長君！」梁子玨瞠大眼瞪他。

雲琈正要開口說話，築花小苑上空火花卻拉出一道信號，轉瞬即滅。

見到這信號，雲琈和十六登時面色沉凝，如臨大敵。

「不好，小十七失手了！」

十六抽出腰間短匕往前方跳去，卻在半空中被雲琈一鞭纏住腳踝，捲了回來。

「師姊！」他跌仰在地，只能從下仰望她，著急地喊。

雲琈居高臨下地瞋他一眼，從腰間摸出一枚金令，彈到他胸口。「有我在，還輪不著你出頭！我護小十七撤退，你和十七會合後，直接去找小九，務必把東西送到閣主手中。」

她沒來得及向戚長君行禮再走，轉身幾個跳躍便消失在視線之外。

戚長君俯視底下紅紅火火的一片，轉頭問十六：「你們要取什麼？」

十六捏緊手中金令，戒備地瞪著戚長君和梁子玨。「戚將軍，師姊有令，我們不會對你出手，但就算你抓走我，也換不到什麼情報的。」

梁子玨不悅地低斥：「本官還沒淪落到要抓個偷兒換情報的地步！」

十六瞥了梁子玨一眼，決定視而不見，眼光盯著戚長君。

在他心裡，戚長君雖然頂著冰山臉，但比京兆尹更令人安心信服一點。

「我不會出手。你再不說要取何物，她只會更危險。」

話才說完，底下忽起一陣動靜——

不知何物撞上護院的刀刃，發出清脆一聲，倏地白霧瀰漫竄上，喧譁聲鼎沸而起。

十六本就擔憂，聽到他保證，咬咬牙不再隱瞞：「我們查到血麒麟被人鎖在九重博通塔，塔中第一層需要的鑰匙——就在洛府！」

三章

躍下房頂屋瓦，雲琈隨即找了個陰影遮蔽之處躲入，細細觀察。

小苑由各種花牆隔開，造景幽靜美觀，瞧著頗為賞心悅目，城內不少庭園造景多時興這種樣式。花牆有許多做法，一是直接把牆體砌出各種鏤空花樣，二是燒好花磚再築成牆，把整面牆全做成鏤空模樣。

美麗牆面融入花園景色裡頭，不曾想，這花牆卻暗藏玄機，明針暗箭一個不少，造出這片花牆的人當真花了不少心思要守住這方院落。

環視眼前的狀況後，雲琈決定冒險進去。

眼下四周都是人群，乍看難以破解這人牆鐵壁，但同時也最易渾水摸魚……

她移動到小苑右側，那裡防禦最弱，在眾目睽睽之下，踩著月光現身。

她已將小苑屋外的花式磚牆機關給瞧透，在眾人還摸不著方向時故意顯露行跡，吸引他們注意，還放出聲音：「這洛家真是有意思，這花牆機關確實夠挑戰性……只可惜，東西小女子還是帶走了！」

雲琈從懷中摸出一顆銅球往洛家家主扔去。「收了家主之物，小女子也不好不贈回禮，這東西，就請家主好好一品了！」

她拋擲的動作一起，護衛立即蜂擁而上，一窩蜂地擋在家主前，還有人揮刀把銅球撞開——

一瞬間銅球爆開，白色的粉末從空中散向八方，有些粉末落在火把上，催化了上頭的藥性。

雲琈從懷中挑出面紗戴上，輕巧地翻過花牆，趁兵荒馬亂時潛入小苑內圈，入了主屋。

「十七！」雲琈推開門，迎面而來數十道冷箭！

她側身一避，軟鞭舞得飛快，定睛一看，十七縮在牆角，動也不敢動，見到她來，眼中閃過狂喜。

「師姊小心！這裡頭還有一面隱牆，可只是幌子，真正的機關在頂上的天眼！我的短匕在破隱牆時弄斷了……」十七小聲道，縮了縮肩，不敢去看雲琈的臉色。

雲琈抬眸，見到屋頂上的確有個圓形凸起，中央的圓石黑如眼球，謂之「天眼」，是這間屋子主要的機關樞紐，屋子內的機關牽一髮動全身，但要破壞它，就會引起大量機關在瞬間反撲。

十七見雲琈不說話，自己也不敢發話，靜等師姊的命令，心底不由有些懊惱。出閣前，她曾再三保證這等小機關能自己闖過，不用勞駕師姊出手，沒想到這會卻要師姊援手救她……果然是歷練不夠……這樣一想，十七有些想哭。

豈料雲琈並沒有訓她，從腰後摸出一把短刀，朝她道：「腳有傷著嗎？」

十七連忙搖頭。「沒，我一找到機關的死角就躲著不敢動，東西我拿到了。」

「好。」雲琈臉上浮現滿意的神色。「我等會把天眼射穿時應該還會有一波箭雨，我掩護妳，但妳動作要快，不然一樣被捅成蜂窩。出去之後，在老地方跟十六會合，趕緊把東西交給閣主。」

「嗯！」十七緩緩從地上站起，看準出口所在，等待時機，準備一鼓作氣跑過去。

雲琈左手將短匕射往頂上的天眼，右手軟鞭也蓄勢待發──

「跑！」

天眼一碎，無數箭矢、飛刀狂發，不同方才只往一面發射，而是四面八方皆有！

雲琈長鞭一甩拉出一道鞭風，替十七擋落一波箭矢，同時自己也側身閃過數支冷箭，只是她專注地援護十七，許多空隙根本防不住，待十七逃入她長鞭所及的範圍時，她的衣裙也被射破好多口子。

十七自然也看到了雲琈的狼狽，但她自知多留無益，不敢停留，旋身奔出門去找十六。

雲琈手腕一甩一揚，一陣鞭風後，朝她激射而來的冷箭回頭撞上牆面。

雲琈抽身離開現場，這時白霧漸散，築花小苑這裡的異動早被人察覺，有人叫喊著機關被破、要追擊千面盜仙等等，不同聲音此起彼落。

雲琈一躍騰空，就在她即將離開洛府時，斜刺裡陡然飛來兩支冷箭，對準她的雙腳！

眼看飛箭就要扎入她的腿骨，千鈞一髮之際，旁側又射出了兩支箭將它們撞偏。

箭擦過了小腿腿肚，雲琈低嘶一聲，顧不上看傷，忍痛踩著輕功，奔到十里外的暗巷才停下。

她剛落地，身後亦有一人緊跟而至，她察覺那人氣息，素手正要揚起──

身軀繃緊起來，她顫抖著扶牆，不敢回首去看來人的面容。

「快看傷勢。」

戚長君見她遲疑，不覺擰眉，平靜的心緒竟有一絲煩躁。

好似察覺他情緒波動，她轉身後停頓了一會才掀眸瞅他，怯然、小心翼翼的開口：「小女子的傷勢沒有大礙，不勞煩將軍……」

戚長君沉嘆一口氣，感覺有些無奈。「箭傷不容小覷，確定妳無礙我再離去。」

她輕咬唇，心裡也明白此時不容繼續彆扭，點點頭，扶著牆坐下來，查看腿上傷口。

撩開裙襬，雲琈瞥了眼傷處，被箭頭擦過的肌膚上有一道泛著黑紫的淺痕。

「果然有毒……」忍著密密如扎的刺疼感，她從懷中掏出藥瓶，倒了顆解毒丹吃下。

戚長君蹲下身，朝她輕言失禮，探手握住她小腿細看傷口，確認無甚大礙後，才放開她的腿。

「毒性不強，但傷口要盡早包紮。」

等了一會沒聽到她應聲，他仰眸看去，對方僵直著纖軀一動也不動。

在稀薄的月色下，她面上的顏色既白且紅，眼底的慌亂無措也一覽無遺。

他忽地想起在洛家屋簷聽到的對話，說她毀了他的清譽一事，不由微勾起脣角，問她：「……妳很怕我？」

雲琈極少見他的笑，尤其是在這樣近的距離之下，不覺便被迷了眼，天地霎時間都在旋轉，但回神後她臉色仍是一片慘白。

「小女子、小女子……」她結巴好半晌，仍難解釋。

她的怕不知該怎麼說明，她不是怕他這個人，而是害怕他靠近。

「看來是怕的。」戚長君收回脣角微弧，起身時，周身再度冷淡如霜。

「只要不牽扯到血麒麟，念在妳救了那麼多弟兄的分上，我不會動妳。」

嗯？她驚詫地抬頭，感到很意外。

「可是……小女子找血麒麟，是為了還我父親一個清白，將真相大示天下眾人。若將軍只為救得貴人一命，小女子可以替將軍想辦法，但若是為了血麒麟此物——小女子便只能與將軍敵對。」雲琈扶著牆起身，在淺銀的月華下與他四目相對。身前的他姿態端方清貴，耀眼不可直視。

「貴人之毒，妳有辦法？」他眸中閃過一絲訝異。

雲琈忍著顫抖，力求平穩冷靜地搖首。「不敢說。小女子只聞其毒乃是『龜涎』，未親眼診見不好下定論。若能確診，或許有法子可醫。」

「妳會醫術？」

她又搖頭。「醫術不精，自是找聖手確診之後，再請醫者調藥。小女子識得不少醫者，或許有人能為貴人救命。」

說完後，似覺自己太過多事，她往後退了半步，朝他躬身一禮。「朝廷能人眾多，御醫也是天下難得，是小女子不知分寸僭越了。」
戚長君本在思忖可行性，未料她倏地來了這句。「何出此言？」
雲琈一愣，眨了眨眼，眼神有些迷茫。
「妳此言未必不可行。御醫診不出是何毒。」
她恍然，怔怔地點了一下頭後，補充道：「將軍若有需要，便派人持這個到梁君閣吧。」語畢，從懷中掏出給十六一模一樣的金令，遞到他眼前。
她這動作做來十分自然，半點也沒把他當成外人。
戚長君心有觸動，沒有拒絕，接了過來。「……多謝。」
她點頭，滿足地看著他收下金令。
「京兆尹來尋您了……就此別過。」話落，雲琈轉身就走，不過一個錯眼，她身影已落在幾尺之外。
他凝著掌中金令，圓形的金牌上，雕著一朵含苞待放的芍藥。
花似乎在他手中綻放，灼得他的眼底，也染上了金色的絢麗。

天還未亮全，雲花邊緣染著淺灰又鑲著淺紫，薄霧濛濛。
景元帝甫起，宮人在為他更換朝服時稟報定北將軍求見，景元帝便讓人將他領到勤政殿旁的暖閣。

暖閣內，戚長君端坐椅上，指腹摩挲著昨晚得到的芍藥金令，思緒沉澱間，司禮太監一聲「皇上駕到」拉回他神智，他收起金令上前行禮。

「微臣給皇上請安，皇上萬歲。」

景元帝虛扶他。「長君免禮，這麼早過來，是事情有眉目了？」

戚長君謝恩過後道：「血麒麟一事暫無消息。但臣無意中打聽到——太后之毒或許有法子可解。」

景元帝心喜，著急地道：「當真？有何方法可解？」

戚長君不慌不忙地緩言：「城中有名醫女師從聖手，聽臣描述後，自願請命到宮中為太后請脈。」

景元帝聞言，眉尖輕蹙，沉吟一聲：「她有多少把握可醫好太后？太后鳳體不可玩笑，亦不是她試驗之物——長君明白朕之意嗎？」

戚長君依舊不卑不亢。「那名醫女說，聖手老人家如今不堪路途顛簸，若皇上不放心，可讓她為太后請脈後，再來定奪是否請聖手來此一趟。」

聽戚長君這樣說，景元帝頓時安心不少。他就知道長君辦事穩妥……若是那醫女確診後仍是沒有把握解決的話，還可請聖手進宮……

「可一來一往，太后的病情還要再耽擱一段時日。」

「陛下，如今也只能盡力一試。穆盟主至今仍無消息，不如且用這醫女。只要確認太后娘娘所中何毒，就讓御醫與那醫女一同商討延毒藥方……撐至聖手到來，太后自然轉危為安。」
景元帝忖度半晌，確實是這個理，只能准了。「好，那你即刻將人帶進宮裡為太后診治吧。」
「臣領旨。」

◆

出宮時，皇宮簷角已有稀薄的金曦鍍上，照著偌大的宮殿，烘托出氣勢磅礴的沉斂矜貴。
戚長君特意與上朝的官員錯開，此時宮道上只有他和領路太監。
出了宮門，他駕馬直往梁君閣而去。
梁君閣在京城繁華圈外，與主街的酒樓商鋪隔兩條街，但門庭十分氣派，只要走上這條街，就能一眼看見。
戚長君下馬，候在門邊的夥計見到客人上門，立刻笑容滿面地迎上。這當頭也沒閒著，還揮著手指示一旁的人將馬牽下去。
「這位俊俏的公子第一次來吧，面生得緊，今日想做什麼買賣？」
戚長君瞥了他一眼，從懷中掏出那枚芍藥金令。
「找人。」
夥計看到金令，倒抽口氣，笑容堆得更高了。「原來是貴客。不過雲大人恰有任務在身還未回來，不知公子要委託什麼案子？小的先替您轉告一下，或請另一位大人過來可好？」
戚長君收回金令，聞他這一句，有些不解。「還有其他人？」
「是啊，閣裡一共有十位理事的大人……這枚金令，正是雲大人所屬。」夥計邊說邊領他進門。
「我有要事在身，不久待。」戚長君並未跟著夥計繼續走。「雲姑娘既不在，十六可在？我不知名諱，只知是十六郎君。」
夥計一愣，似沒有想到他居然認識十六。「在的，小的這就去辦，還請公子稍等。」夥計將他往一樓角落的隱密之處領，轉身去叫人。
不一會，十六走了出來。
見到戚長君，他雙眼瞪得跟銅鈴一樣大。
「戚、戚——」才吐出兩字，他立即把名字咬斷在嘴裡，揮退一臉莫名的夥計，大步上前。
「將軍，你怎麼在這裡？」挨得近了，他才敢叫出他的頭銜。
戚長君面無表情地睞他一眼，道：「有事找你師姊，她昨晚答應我一件事。」
十六伸手拍了額頭，一臉要暈倒的模樣。「老天爺啊……我就知道師姊不能單獨跟你在一起……不過昨晚你救了師姊，十六還是替閣裡上下感謝你。」末了，他認真的朝戚長君行了個謝禮。

「那將軍要我們做什麼？」十六落座，毫不拖泥帶水，開門見山。
戚長君抿脣，盯著他好一會沒說話。
十六被他的目光瞅得內心發寒，終於有一點靈犀從他腦內一閃而過。
「……是為了貴人之毒來的吧？」
戚長君眉尖細微得難以看清地微蹙，須臾才道：「是她說的？」
十六點頭後又搖頭，少頃搔搔頭，模樣有些困擾地說：「也不算是……是我自個兒猜的。昨晚師姊回來便說將軍這幾日會上門，讓我吩咐十三、十四等著你來。」
戚長君始終端著平淡的表情，但即使是這樣，仍不減他的容貌風采。
果然是得天獨厚的一位。
十六繼續道：「十三、十四是雙生兄妹，兩人醫術皆精，年紀雖小，卻頗有天分。貴人之事閣內上下皆知，也不算出自師姊之口……畢竟貴人之事，不論大小皆能動盪腳下黃土。至於要讓十三還是十四前去，師姊說了，將軍定奪即可——十三是哥哥，十四是妹妹。」他補充完末句，又多嘴復言：「師姊說你擇十四的可能性大些。」
戚長君心中一動，瞥見十六得意的神采，微垂眼問道：「為何？」
——第二次了。
十六咧嘴笑開，眼底的精光藏掩不住，對於自己拋出去的餌被魚兒順勢接走這點，讓他很興奮。「我師姊一直以來都看著你，對你的一切如數家珍……她對你太上心了，你的神情她一看就能揣測十之八九，這點對她來說不要太容易——」完全沒意識到這是怎樣的出賣，十六在心裡大大讚嘆自己。

瞧他對師姊多好！一般男子要是知道有人這樣痴戀自己，哪個不是心花怒放？況且師姊又是嬌滴滴的美人——

戚長君擰起眉，不知心頭冒出的異樣情感是什麼，複雜得讓他難以言說，這一沉凝的思索，倒使他如玉的俊美臉龐，染上一股難言的肅穆。

十六見狀，連忙閉嘴——要倒大楣的感覺油然而生。

慘，他感覺自己砸鍋了。

「你師姊，何時回來？」

十六不敢造次，乖乖地回答，嗓子有不自覺的顫音：「……師姊帶小十八出門，明日才回來……但要是路上接到案子，順路的話就、就會再晚上個幾天。那、那個！我讓十三、十四陪您去吧！用完您再還回來就是了！」話起頭時他已悄悄站起，話一說完，就一溜煙地不見人了。

戚長君眺視十六離去的方向，從懷中掏出那枚金令。

芍藥開在他手心，除了綻放的花姿，還浮現她的容顏——

雲琈。

◆

兩日後雲琈趕回梁君閣時，已是華燈初上，閣內沒有客人，只有幾名夥計。她不以為意，逕自走往內院。

穿過洞門來到內閣前廳，廳內只有幾名師兄弟妹坐在椅上，或喝酒吃茶，或談天說地。

甫進門，她便覺得氣氛不大對勁。

他們的眼光齊齊朝她看來。

「怎麼了？」雲琈脫下披風，隨手遞給跟在身後的婢女，走到主位上落座。另一側坐著二師兄——大師姊雲琈之外，梁君閣第二位主事人。

這句問話沒人敢接。

大師姊積威甚深，平日他們敢玩笑打鬧，也是因為師姊縱著，要是她沉了臉色，所有人都不敢造次。

更何況還踩到了師姊的痛腳——

戚長君就是朵長在大師姊心上的花，平時只是說他有半點不好，都等於碰了他的花瓣，她總是要發怒，這次直接把師姊對他的傾慕宣之於口……要是惹得戚長君不快、對師姊有了微詞，可不是等於戳了大師姊的心嗎！

定北將軍戚長君在師姊心裡，可是舉足輕重啊，十六這次是真的作死了……

見大家一個個噤若寒蟬，雲琈挑眉。「得，又捅了什麼簍子？」

梁君閣內的師弟妹皆是孤兒，不是無父無母便是幼年失怙失恃，被她帶回來加以養育栽培，對他們來說，雲琈就是他們的再生父母——長姊如母用在她身上，所言非虛。

二師兄瞥了雲琈一眼，慢吞吞道：「三天前，戚將軍拿著妳的金令來了，因妳不在，十六便去招待他，將妳的安排說予他知曉……可十六嘴快，把妳之前暗地裡默默守著他的事情說了出去。」

喀嚓。

握在手中的瓷盞被失手捏碎，她人騰地站起。

廳中所有人宛若被掐住心肝！

就在這時，十六被人從斜刺裡拋進來，落地後連忙哎唷一聲膝行過來，一把抱住雲琈小腿，號得呼天搶地！

「師姊啊！都怪小十六被將軍的美色矇了眼，一時嘴快說溜了！小十六真的不是故意的啊——」

雲琈素手緩緩搭上腰間軟鞭，二師兄覷了她扭曲沉凝的面色，慢條斯理地啜口茶後道：「要是覺得面子上過不去，就打個幾下解氣吧。」

「二師兄！」底下幾人驚喊。

二師兄這是要縱容師姊「同門相殘」嗎？

還不等其他同門求情，雲琈的鞭子刷啦幾響，甩了開來，十六當場被捲翻在地，一鞭抽到屁股上。

「嗷！師姊饒命啊，會死、會死啊……小十六只說師姊對他十分上心，對於他的心思極會揣度而已，其他的沒有多說啊啊啊——嗷嗷，師姊饒命啊嚶嚶嚶！」

「我叫你嘴快！好了傷疤忘了痛是不是？」雲琈氣得眼紅，臉蛋也刷了一片青紅，手下不停，連甩好幾鞭都落在他臀上。「說書人散播出去的謠言我還沒找你清算，打你那幾下你還當揭過去了？」

本來打算發揮親情關心他的師兄妹見狀，紛紛退回位置上，閉口不言。

雲琈雖怒極，但下手仍握分寸，打在皮上看得人心慌，卻沒傷到內裡。

原來還有這一齣啊……怪不得師姊火冒三丈，實在是……怨不得人。

外頭現在盛傳定北將軍和千面盜仙暗通款曲已久，當初西北軍遭敵軍投毒，千面盜仙不畏生死，隻身一人擅闖軍機重地，九死一生，為定北將軍偷回解藥救命，但定北將軍郎心似鐵，對千面盜仙的示好視若無睹……

這等香豔的逸聞趣事，早已傳遍街巷。其中真實高達八成，唯有盜得軍機圖一事，怕折損將軍顏面，被掩去不提。

這段子，估計再兩天，皇宮也能耳聞了。

又是好幾聲鞭響，夾雜著十六誇張的哀號，主位上慢悠悠喝茶的二師兄說話了——

「阿琈，解氣了就收了啊，小十六也知錯了就行。」

「他知錯？但凡他有點腦子，就不會再鬧出這回事！茶樓的說書人把將軍說得多難聽你可知道？」話說歸說，鞭子卻沒再落到十六身上，打在旁邊的地上，拉出一道鞭痕。

十六渾身冒汗地瞪著那道開枝散葉的裂痕。

「阿琈，妳確定有聽到說書人怎麼說？被壞了清譽的可是妳不是他啊。」

雲琈一甩軟鞭，將鞭子別回腰間。「哼，我的名譽我何曾在乎？我又不當官、又不侍奉天子貴人。」語畢，走回位置上坐下，二師兄將茶盞遞過去，雲琈冷哼一聲接過。

「我瞧小十六這事兒辦得不錯啊。妳瞧瞧自個兒費了多少年華在他身上？就算不想干擾他的生活，也不能怕他怕得一見他就躲啊。」二師兄朝底下的師弟妹使了眼色，同門會意，七手八腳地將趴在地上的十六抬下去。

廳內頓時剩他們兩人。

她撇嘴，悶悶地道：「我才沒有一見他就躲……」

二師兄挑了眉，儼然一副「妳騙傻子嗎」的表情。「得，妳要自欺欺人就繼續。妳覺得自己與他天差地遠、配他不得，我不贊同。但妳若是因血麒麟一事擔心牽扯到他──阿琈，除非貴人之毒解開後，他能勸服天子放棄血麒麟，讓血麒麟重歸江湖，不然這事扯不完。」

雲琈嘆口氣，又啜了口茶，喝罷把茶杯信手擱在小几上。

「我明白，所以才想把戚君摘出去。小十六這事的確做得不錯，雖然壞了戚君的名聲，但眼下也只能如此。我只是想……他那樣冰清玉潔的人，若是能夠，我真想自已護他天地安穩。」

二師兄嗤笑一聲，將身子放軟，倒在腰後軟枕上。「妳把他想得太弱了。他十一歲就上戰場，至今二十有五，在西北十四年，雙手沾的血腥不知比妳多上多少——妳別以為三年前救了重傷的他一命，就認為他需要被呵護在手心裡。」

見雲琈沒有說話，二師兄也不想再多說惹她不快，遂轉移話題：「十三、十四兩人看過貴人的病症了。」

她轉頭看他。「貴人狀況如何？」

「如妳臆測，是『龜涎』之毒。」

雲琈臉色一凝，心沉落些許，隨後問：「十三、十四可有法子解？」

當年此毒造成甚大死傷，而今太后也是中了此毒，那幕後之人是誰，已昭然若揭。

二師兄思忖後道：「十三說這毒極其霸道，不能一次拔除，怕傷了貴人軀體根本。他們研究此毒多年，比那些宮中御醫還有法子，今日已擬好方子，隨時可為貴人拔毒，但還差一味藥引。」

聽到此，雲琈的心情好轉，連忙問：「何物？」

「……千鶴蘭。」

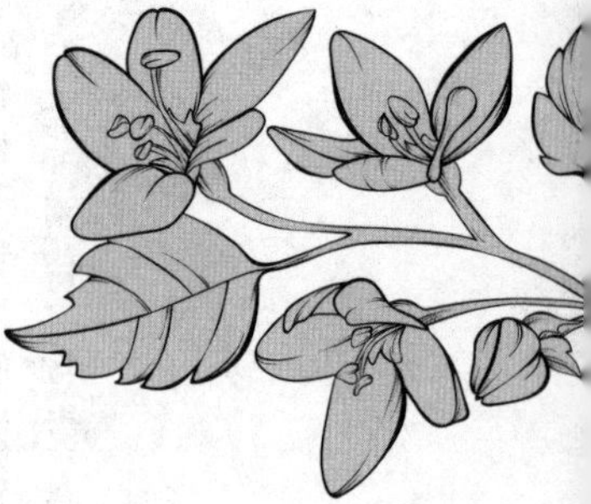

四章

千鶴蘭？雲琈不甚明白他的意思。

「這東西不是收在君珍樓嗎？難道十三、十四不曉得？直接去拿就好了呀。」

二師兄一點也不意外她的回答，但還是為她這態度惱火，一掌按上小几，茶盞抖了兩抖。

「千鶴蘭是什麼東西？不說它五十年才得一株，就說它是妳的救命藥草，妳難道不知道它有多重要？當年妳為救戚長君上百丈山取解藥時，運好才讓我們得了兩株，但就算有兩株也不能如此揮霍！」

老二凶起來也是很可怕的……雲琈縮了縮肩，眼仍直視他，卻已失去理直氣壯。

老二雖縱容她，但不會眼睜睜看她置自己性命不顧。

「……不是還有一株嗎？」弱弱地，她道。

「雲琈！」二師兄一怒，直接把几腳打歪一邊。「兩株千鶴蘭都不一定能救妳性命，妳還指望用掉一株？為了他，命都不要了？」一話甫落，就被自己噎住，撇過頭。

——為了他，雲琈的確連命都可以不要。

雲琈嘆了口氣，拉過他的手，翻過去審視他掌心，雖微微泛紅而已，可她還是從懷中掏出藥瓶為他上藥。

「你也明白的，當初如果不是他，我撐不到師父來找我，就會先去找義父了。他對我的恩情只能用性命相報……況且你也明白貴人何等重要，不救她，天子震怒，別說江湖，或許天下都要出事。普天之下，莫非王土，不是嗎？」

二師兄仍繃著一張臉，半晌，他悶悶地回：「……所以，妳心慕於他，不敢與他過分親近，除了身分不配、立場相對之外，是不是還有——妳怕靠近他之後會忍不住，繼而誘發體內劇毒，所以堅決不靠近他？」

「才不是呢，你想太多了。這些年來我體內劇毒已得到控制，只要不行房事應該就不會發作，跟我與不與他靠近有何關係？」

他未再駁她，只挑起眉峰睨她。

他心如明鏡，她再說都是欲蓋彌彰。

——男女之事，有時極難發乎情止乎禮。

更何況，不行房事就不會有事只是他們目前的猜測。毒性何時發作、如何發作，都是未知。

「好啦好啦，我自有分寸。」雲琤起身隨興地拂了拂裙子，笑容嬌豔得讓這廳堂的燭光都黯然失色。「得，姊姊為了你，不跟將軍走！」

「夢囈吧妳，憑妳巴不得把自己拴在戚長君褲腰帶上的勁，說出去沒人信。」

「小、二！」她咬牙。

「我只比妳小幾個月，少在我面前稱大。」

「小半個月也是小，長姊如母啊。」

「……滾。」

十三和十四受戚長君所邀，進宮為皇太后治病，但由於兩人來歷特殊，戚長君思索之後，特地進宮一趟向景元帝稟明。

景元帝雖惱恨梁君閣盜取血麒麟，害得太后無藥可用，可現下救命的人也是梁君閣送來的……

最後，景元帝同意讓人進宮醫治，可不能住在宮中——梁君閣願意派人來替太后解毒，十有八九是看在戚長君面子上，既然如此，乾脆就讓戚長君看管他們——若有差池，戚長君脫不了關係！

梁君閣要是不想連累戚長君，自然會安分的待在他眼皮底下。

故十三、十四兩人暫居戚府，若聖上急宣，戚長君便能護送他們入宮。

三日前確診皇太后所中之毒乃是「龜涎」後，他倆立即修書回梁君閣稟報。

千鶴蘭是大師姊的救命藥草這件事，除了二師兄、大師姊之外，梁君閣內只他兩人知曉。

十三掙扎許久，最後還是提出這味藥。而今日東西已差十六親自送來，接過雕花木盒的當下，十三的神情非常複雜。

一旁的十四也一臉沉重。

戚長君見他兩人面色凝重肅穆，不由得猜忖是否有了變數，畢竟這兩人確診太后病症甚至提到解毒時，臉色都不曾這般難看。

「藥引有什麼問題嗎？」

「藥沒有問題。」十三板著一張冷淡的表情，搖搖頭。

十四嘆了氣，低語：「師姊真的送來了……」

戚長君聞言，眉尖顰起。「這藥對梁君閣來說很是重要吧？既是為醫治太后鳳體，皇上必不辭千金，不如請兩位開個價。」

十三掀眸睞了他一眼，將藥盒轉手交給十四，對十四道：「妳先拿去檢查一下，順便整理藥箱，等會就進宮。」

十四知他有話要單獨和戚長君說，接過藥盒應了聲是，先離開了。

「小神醫有話直說。」

十三、十四雖只有十三歲，但醫術超群，宮中御醫都驚嘆不如，入宮第一天已讓皇上改口稱小神醫，故宮裡上下都這麼喊。

若是加以宣揚，整個大煌朝將無人不知他們兄妹名姓，但他倆卻婉言相拒，只道醫者仁心，不求聞名天下。

可戚長君心裡明白，兄妹倆的作為皆因他懷中那枚金令之故。

十三盯著戚長君一會才道：「今日進宮後即可為太后拔毒。」

他衷心道謝：「多謝小神醫。」

十三搖頭。「我等也是遵師姊令，將軍不要言謝。」他頓了下，又說：「千鶴蘭五十年只產一株，恰好逢時可救太后一命，時機之巧貴在福緣，正表太后福澤深厚。既天命如此，我等所為也就是舉手之勞，無須掛懷。」

「梁君閣義舉，長君會如實將稟告皇上。」

「多謝將軍。」

戚長君從懷中拿出金令遞給他。「太后之毒既有法子可解，這枚金令，也該歸還予貴師姊，還請你轉交。」

十三退後半步，並未伸手去接。「此乃師姊之物，我等沒有師姊令，不敢取回。將軍還是留著吧。我和十四再去核查一遍，半刻後府門相候。」言罷轉身即走。

戚長君道：「有勞。」

金令躺在他掌心，精巧美麗的如同閨閣女兒家的飾品，偏生就是這樣的一個東西，可以號令梁君閣上下，讓他們任憑他差遣——

他與這千面盜仙之間，究竟有何前緣，居然可以令她為他這般行事……

這份心意——沉得他有些無措。

他以為自己不過欠雲琈一次救命之恩，只要她不出手奪血麒麟，他就能護著她不受傷害。

可現在太后之毒已有轉圜，皇宮也不一定非要血麒麟了。這份恩情——他也越欠越深。

戚長君思及此，不由沉然一喟。

戚長君送十三、十四進宮太后宮殿時，皇帝和御醫院院正還有幾位主治御醫已等候多時，所需的藥品御醫院早備齊了，隨時可以動手診治。

景元帝趁十三、十四為太后拔毒的閒暇，問戚長君：「長君，你這幾日在府裡，可曾聽到閒言蜚語？」皇帝瞥了眼面色如常的戚長君，想起昨夜聽聞的消息，笑著提出。

先前他還猜想梁君閣為何賣戚長君這個面子，不曾想，居然是有這等淵源。

戚長君認真的思索了半晌，搖首。「臣愚昧，不知皇上所問何事？」

景元帝呷了口茶，並將茶盞捏在手中。「坊間盛傳千面盜仙心悅於你，但你郎心似鐵，對其示好不屑一顧……可有此事？」

戚長君接了密令悄然回京的消息少有人知，他更是除了悄悄進宮辦差就待在家裡，再加上他馭下甚嚴，府中僕侍無人敢嚼舌根——他還真不知民間有此傳言。

但心念一轉，想起之前在洛府雲琈和十六的討論他的清譽、十六又說雲琈對他上心……想來是指這事。

他恭敬地回道：「微臣不知千面盜仙心意，也不知其示好是何意……但去年我軍遭敵投毒，解藥確實是她所贈。之後她為我軍盜軍機圖一事，皇上也曉得，臣本不知她身分，是回京路上因血麒麟相遇，才知她就是千面盜仙。」

「哦？」景元帝挑眉。「這樣說來，她的確暗中注意你許久了。也難怪她會對你直言血麒麟是贗品，要你有所準備……殊不知你和子玨乃朕的兒時玩伴。名為臣子，卻更像朕的手足，朕豈會為了你協助護送回來的血麒麟是贗品降罪於你，本來負責找尋的人就不是你。」

戚長君沒有說話。

景元帝又道：「兩位小神醫雖出自梁君閣，秉性倒是與那千面盜仙不同。不過，盜仙既是他兩人的師姊，難保沒有別的打算——比如趁此機會婉轉邀恩之類的。」

戚長君不由略為激動。「皇上聖明，兩位小神醫並無此想法。今日出行前，兩位小神醫才說過是因太后本身福緣深厚，才能得千鶴蘭做解藥。」

景元帝挑眉，神色不信。「賞賜？診金？都不求？」

戚長君垂眼，緩言道：「是。兩位小神醫的意思是，太后娘娘乃是皇上血親、天下貴人，他們雖身處江湖，可仍舊是大煌子民，為天家分憂義不容辭。」

景元帝嗤聲一笑，調侃他：「長君，這席話是兩位小神醫說的，還是……你替梁君閣開脫的說辭？」

戚長君沒有承認亦未否認，而是道：「京兆尹上呈的卷宗提到八年前寶瓶遭竊時，血麒麟還在……這樣說來，梁君閣應與血麒麟失竊案無關。」

景元帝心頭的惱火是因雲琈盜了血麒麟，如今真品下落不明，還害太后無藥可醫，一度性命甚危。若是能讓皇上打開心結，他的態度也會軟化一些、少點先入為主。

景元帝眉頭動了動，看向戚長君的眼光有些興味。「這樣說來，梁君閣此舉還能算是將功抵罪了？」以救治太后的功，抵梁君閣偷了寶瓶的罪責。

畢竟八年前寶瓶失蹤時，血麒麟還在冊，之後這八年間為何無人發現血麒麟消失，屬宮內掌物內侍失責，用猜度的心思去揣測八年前雲琈「可能」順手帶走血麒麟——把罪名強賴給人家，的確說不過去。

戚長君道：「未有證據證明千面盜仙偷走血麒麟前，確實不好將罪名強按在她身上。至於梁君閣讓小神醫前來醫治太后，是否將功抵罪，實非臣能置喙。」

聞言，皇上哂然一笑。「長君，你喜歡那個盜仙嗎？」

戚長君擰眉，疑惑地望向皇景元帝，而後垂首。「……微臣不明，請皇上示下。」

景元帝也不端著坐姿了，支著下顎斜倚在小几上頭。「你素來公正嚴明，證據未明之前不妄下定論，可如今明裡暗裡為皆在為梁君閣說話……你鮮少替他人求情，難道不是對那千面盜仙有意思？」

「臣惶恐。」戚長君撩袍單膝跪下。

「起來，朕沒要你跪。雖不知消息真假各占幾分，但一個女子有這番情義倒也難得。軍機重地，她隻身前往，確實是九死一生。縱有極好的輕功身法，也難保萬無一失。何況她又三番兩次救你之命，等於救了我大煌子民無數。你為她說項，本也算不上什麼過錯。」

戚長君不語。

「暫不論血麒麟失竊一事是否與她有關，細算起來確實有功，且是大功。」景元帝言畢，又續言：「雖然小神醫不求賞賜，但診金不能不付……不如這診金，就由你替你的恩人要吧？」

戚長君怔然抬首，略有遲疑。「這……臣只怕不好開口。」

皇帝睞著眼笑了。「怎麼不好開口？你是國之棟梁、朕之股肱，只要不是賣國虐民之事，朕未必不允。」

戚長君不疾不徐地道：「既然如此，臣懇請皇上將血麒麟賜予梁君閣。」

景元帝勾起脣角，將身子正了正。「好，允。」

戚長君一愣，知道景元帝將此物順勢賜給梁君閣已是明白他之意，便叩首謝恩。

「微臣謝皇上恩典，皇上萬歲。」

景元帝揮揮手，要他起來說話。「血麒麟本是武林盟主信物，十八年前進了皇宮，卻埋沒在禁宮之中……要不是此刻需要血麒麟來救太后一命，估計這東西還得繼續蒙塵。趁此機會賜還梁君閣，就當是藉他們的手，還之江湖了。之後怎麼鬧，可不關朝廷的事。」

「皇上聖明。」聖上所言與他所想不差，戚長君脣際微掀笑弧。

景元帝不受他這恭維。「別給朕戴高帽子，就算朕沒有猜到你用意，你也會將血麒麟要走藉機還之江湖吧？」說至此，景元帝一頓：「但真的血麒麟至今下落不明，要賞賜的東西沒有影子也說不過去。不如，長君替朕走一趟，同梁君閣的少閣主一塊去尋血麒麟吧……經此，明面上血麒麟算是在梁君閣那裡了，之後不論此物如何，與朝廷再無半點關係。」

戚長君低眉。「……臣遵旨。」

太后毒症有法可解，又無須勞民傷財，讓景元帝心上石頭落了大半，整個人輕鬆不少，自然有心情調侃戚長君。

「長君，讓你偕同少閣主尋御賜之物是朕允了的。但這期間，你要是想對少閣主以身相許，朕可就要好生思量了。」

戚長君無奈一喟。「……皇上。」

景元帝朗聲大笑，又道：「你和梁府千金有婚約，此事也不用朕提醒你，相信你自有分寸。但真正與你有婚約的梁大千金早已不知所蹤，你若對少閣主有意，朕自會為你做主。」

戚長君一怔，腦海不知怎麼又浮現她的容顏，不是巧笑倩兮，而是僵硬的、慌然無措的——像隻軟糯的白兔。

思及她困窘模樣，戚長君不由微笑，竟有些期待再見。

「……微臣謝聖上恩典。」

悄然按上胸懷前的金令，某種淺微的心緒瀰漫其上。

拔完毒後，十三和十四留在宮中為太后調養身體，而戚長君獨身一人回府。

將聖旨供在桌案上後，他轉身回房刷牙洗臉，準備上床歇息，待明日一早去梁君閤宣旨。

可書房的門甫關上，廊外樹上隨即傳來一抹熟悉的氣息——

戚長君轉身走到窗口，往樹望去。

月下樹影搖曳，重重層層藏住她的身影，將她半隱密的包裹在葉片之後。

他忽然明瞭。

這樣的距離，或許讓她感到安全。

也罷，就先這樣吧。

「妳來了。」

雲琈不知要怎麼開口喊他，只好先外放自己的氣息讓他發現；如她所願，戚長君察覺到了，也張口打招呼了，但她猶未準備好——

她暗恨自己不爭氣，簡直想把舌頭給咬了，於是只能吐出乾乾的一字：「……嗯。」

一片沉默。

半晌，雲琈咬唇，道：「十三說您心緒不寧……所以小女子過來看看。」

戚長君默然，萬千思緒驟然紛湧而上，一下子是十三說的話，一下子是十六，但縈繞他腦海不離的，是十六那句：「我師姊一直以來都看著你，對你的一切如數家珍……她對你太上心了，你的神情她一看就能揣測十之八九……」

她一直，都是這樣隔著距離，小心翼翼地看著他。

不知怎麼，這一刻他忽然很想知道這個女子看了他多久，又守候他性命多久。

見戚長君仍是不言語，雲琈不由有些無措。「貴人之毒已經無礙，小十三、十四皆回稟無事……是不是聖上有所刁難？」她話停後細察他神色，他仍是一臉高深莫測、面無表情，眼底隱隱一股波光。

她心下有些沒底，硬著頭皮道：「『龜涎』雖然霸道，拔毒後極為傷身，但宮中不乏珍貴奇藥，再加上十三、十四在宮中為太后調養，太后必能安然度過這個難關。」

戚長君心中觸動，忍不住道：「我曾問十三『龜涎』毒性如何，他不願多說，教我問妳。」

許是兩人之間不用再刻意找話題，氣氛比起之前還要緩和，連帶她的心情和身軀也不再那樣緊繃。雲琈柔和了面龐神色，嗓音也不覺放軟：

「說起『龜涎』，不免要說到『玄武』之毒。玄武乃北方神獸，形象是龜與蛇，於五行中主水，腎在五行中屬水，而腎藏精。『龜涎』之名，本意指『龜之口涎』，以示意此毒不如『玄武』。可『龜涎』毒性雖次，發作起來也不容小覷，因『龜涎』主傷腎氣，一旦中毒，腎、頭、足、肝……等皆會因精氣被洩受到損傷。太后年近半百，但保養有方，髮絲仍不見白，中毒之後鬢邊卻現華髮，正是此故。」

深知此中利害，戚長君皺眉凝聲問：「太后如今症狀，是否已傷內裡極深？」

雲琈心中甚疑：難道十三、十四沒有跟他提過太后病情嗎？戚長君雖是臣下，無從過問貴人病情，但她怕戚長君心中擔憂，特地叮嚀十三、十四私下裡尋到機會跟他解釋的。

殊不知，師弟妹亦十分盡力為她製造機會，在太后寢殿確診時，只向御醫院正和眾御醫詳細說明，打算讓雲琈親自與戚長君相談。

戚長君那時也不打算追問，想著小神醫必然會將消息回報給雲琈，他索性等著問她。

「據十三傳回的消息，毒只行到初期末階，拔毒之後讓太后緩補腎氣，再搭配御醫細心調養，恢復如初應當不難。只是……太后那一頭華髮，卻是不能復黑了。」說到這，雲琈不免感到可惜。

戚長君抿脣，似在思索。

她又道：「小女子讓十四著手去擬方子，看是否有法子能將太后的髮絲染了……」

他一怔，抬眸瞅她。「太后鳳體自有御醫院操心。況且如今軀體無恙已是萬幸，太后娘娘想必不會計較此事。」

雲琈輕輕笑起，在他不可全見的樹影後放鬆許多。「那可未必。曾聞太后花容月貌，乍看之下猶似少婦，這沒朝朝夕夕的保養可養不出來。」她又說：「趁我師弟妹還會在宮中調養太后鳳體一段時日，聖上或娘娘若有要求，儘管向他們提，金令在你手中，他們會唯你是從。」

初時拿到金令，他以為只是見面的憑證，卻不想竟有這麼大的權力——見這金令如見她本人。

戚長君將金令從懷中拿出，月華下淺盪金黃光彩。「太后之毒既解，這金令太貴重，妳拿回去吧。」

他懸著手，金令在半空中掛著許久，樹上的人動也不動。

雲琈在葉影後瞪著他手中令牌，像要把它瞪融、或者燒穿，沒了東西，他就還不回來了。

他候了好半晌都不聞一字半句，心裡已有幾分明白，淺喟一聲，言道：「……妳不收回去？」

「……嗯。」悶悶地，她這聲應得甕聲甕氣。「給你的東西，我從來沒想過要回去。給你的，就是你的了。」

若是之前，他或許只覺莫名，此言只會一晃而過不留於心，但如今，他已知悉她的心意……

一語雙關。

心房緊了緊，微微有一股麻意竄上，戚長君啟脣時嗓音略顯乾啞：「……種種恩情，我如何償得？」徐徐地，他將金令收回懷裡。

雲琈慌忙地搖首，意識到他看不清，她急忙道：「不用償！」

察覺自己嗓音不覺擴大，她緩了緩後說：「將軍於小女子有救命恩情，小女子為將軍所做，皆是為了報恩……將軍勿覺欠了小女子。否則可要折煞小女子了。」

是嗎？只是為了報恩，就能為他做到如此嗎？

「長君，你喜歡那個盜仙嗎？」

他……不知道。

「今日進宮，皇上問我是否聽過外頭的傳言。」

雲琈身子一顫，本扶著樹軀的手不自覺地用了點力，內息震盪下，樹葉撲簌簌地掉了幾片。

「……什、什麼傳言？」她心虛地問。背脊不禁拉緊幾分，語音又現無助。

聽出語調中的忐忑，戚長君不由莞爾一笑。「千面盜仙為定北將軍盜得解藥，入得軍機重地九死一生，奈何將軍郎心似鐵，千面盜仙黯然垂淚，卻仍痴心不改，深情守候——」

何時多了這麼多！她素手按額，忍住想飛奔回去拿出腰間軟鞭狠抽十六的衝動。

「……是小女子教導師弟無方，回頭小女子讓師弟負荊請罪。」她按捺內心奔騰的怒意和窘困回答。

「是說對了，所以才要他負荊請罪？」

她心口一抽，手心開始泛起密密地細汗。「不、不不不是——將軍沒有郎心似鐵，小女子也沒有黯然垂淚！」

這個，是重點嗎？戚長君一愕，忍不住笑出聲。

她越慌張，他心底的某處就越發柔軟。

他勾了勾唇角。「那……九死一生、痴心不改、深情守候，都是真的？」

雲琈張口好幾次想要反駁，又怕被他抓住話辮子，著急得臉蛋飛上層層霞紅，覺得溫度熱得她要冒煙了。

好半晌她才吶吶回道：「……也沒有到痴心不改、深情守候。」

她回的話，讓他聽得眉頭一擰。

她沒有辯駁九死一生……果然那次，她受傷了嗎？

「九死一生，是真的？」

她這才察覺不對。

他今天的話有點多……而且，怎麼都在問她？

「……沒有九死一生，只是受了點傷，行走不得。若是那次沒傷著……小女子就能救更多人，也不會讓你難過了。」

憶起當時，她在樹上凝視他一人站在蒼茫的雪地裡，頎長的身子堅拔直挺，不容撼動，卻為了同僚的生死耿耿於懷。

他在雪地站了多久，她就陪了他多久。

白雪皚皚，他的悲傷被無邊蔓延，她多想上前安慰他，教他不要難過，都是她不夠快……若是她沒傷到腿，就能救回他的副將了。
心旌忽地掀起一陣波濤，戚長君微閉上眼，不知是暗嗤自己駑鈍，還是惱自己不夠心細。
「那個時候，妳在嗎？」
她不知何事讓他這般刨根究柢，但他有疑，她便會如實托出。
「……在。」蜷了蜷指尖，不讓自己握起，雲琈壓下胸腔的震動。「藏在你身後不遠的樹上。」
那時候縱然悲傷，他亦察覺身後有人，他以為是敵方派人來探軍情，故意將門戶大開，好讓敵軍做出錯誤的判斷。後來他奇襲時十分順利，便沒有多想。
原來，那人是她。那麼，敵軍沒有看到他順勢演出的那齣戲，卻還是落入他的陷阱，想必是她在中間又做了什麼——
「妳……做了這麼多，真的不要半點回報？」
雲琈下意識地要搖頭，卻忽然定住動作，有些糾結。
「若將軍要報恩就不用了……但是……小女子能否跟將軍討個小東西？」
戚長君有些意外，本以為她會推拒，這樣一來，他反而好奇她會跟他要何物。
「好。」
「小女子……過幾日就是小女子的生辰，小女子知將軍手藝甚好，想跟將軍討要一碗壽麵。」

惜。

「就要這個？」如此微不足道的東西……思及她的身世，戚長君不免又起幾分憐

「嗯，就要這個。」得到了想要的禮物，雲琈的語調不覺染了燦爛的笑意。

「那我明日去找妳。」

「別！明日小女子不在閣內。」

戚長君沒有說話，但微仰起的頭明顯是在等她回覆。

「一來一往約莫要兩日……三日後小女子在粱君閣候將軍大駕，可好？」

他也不明白為何心底有股溫柔的情潮，只知順她此句，掀脣挑了笑意。

「好。」

五章

三日後，戚長君起了個早，挽袖在廚房忙活，食物烹煮時傳出的香氣，引得人食指大動。

大灶上放著一只食盒，下層已經放入他做好的壽糕和壽桃，這會他正切著蔥花，等著撥到小碟上。

怕先將湯盛上會讓麵糊掉，他另外把湯裝在竹筒裡，恰好可再釀一股淺淡的竹香，大功告成後，他將食盒蓋子合上，拎著食盒走出廚房，前往梁君閣。

梁君閣門口的夥計認得他，沒等他拿出金令就將他迎進去。

「公子這次也來找雲大人嗎？大人出任務還沒回呢，您稍等一會，小的去替您叫十六郎君——」

還沒回？戚長君蹙眉。「她說任務兩日即可完成，我與她有約。」

夥計欸了聲。「那、那公子您稍等一會，小的去替您問問。」話一丟，也不替他找個位置，夥計腳底似抹了油地跑到後堂去了。

戚長君睨了他背影一眼，移步較不顯眼的地方等，他正四下打量梁君閣時，後堂匆匆出來了兩個人。

一個是十六，另一個他沒見過——身材精瘦，外貌俊秀，眼眉的英氣引人注目，兩人的表情皆十分嚴肅。

躂躂急促的馬蹄聲從遠而近，驟止。

空氣忽然瀰漫一股血腥的氣味。

他轉頭去看，兩匹黑馬先後抵達門口，頭一匹馬上坐著一名穿著寬大黑斗篷的人，他身前還趴著一個，後面的馬上則趴著一個受傷頗重的人。

「阿琈！」

「師姊！」

這聲叫喚，讓戚長君定住目光，隨那名俊秀男子移去。

穿著斗篷的人跳下來，伸手撥開帽簷，露出一張清麗染血的顏龐——

他蹙眉，眼前的人分明不是雲琈，為何那人叫他阿琈？

「小十七中毒了，快把她送到小五那裡拔毒！小九也受傷了，手、腳筋皆受損，你讓小八為他處理。」雲琈剛吩咐完，十六連忙將小十七從馬上抱下來，直奔後堂，一路上瘋狂吆喝著五師兄救命。

聲音是她的。他心底倏地閃過一抹靈犀。是了，既是千面盜仙，那必有許多面貌。

「妳呢？要不要叫十三回來給妳看看？」

「不用了，十三和十四在宮裡辦差呢，你別為這小事將他們叫回來。」雲琈一手脫下斗篷，隨即感受到空氣中的不對勁，抬眸往左側一掃，看見戚長君的瞬間，整個人又僵住。

二師兄順著雲琈的眼光看去，了然地哦了聲，拍了拍雲琈的肩。「既然戚大人也在這裡，妳的傷我就不操心了……妳也知道現在人手不夠。」說著，走到另一匹馬前，將方才乏人問津的小九扛上肩。
從頭到尾被漠視的小九表示很難過。「二師兄你輕點，我渾身都疼啊。」
「疼？向你大師姊看齊啊，當年她被敵軍一支弩箭射穿左肩，她可連一聲疼都沒喊過，還一心惦念著別人的副將不救會死……」二師兄一邊扛著小九往後堂走，一邊悠悠地給小九講了段「故事」。
小九：「……」二師兄你不怕師姊秋後算帳嗎？
雲琈：「……」死老二要你多嘴！
戚長君見她捏著斗篷、渾身僵直的與自己繼續對看，不由得嘆口氣，走上前將她的斗篷拿到手中。
斗篷未脫時不知傷勢，斗篷一去，才知她左手受了傷。雲琈始終沒有動過，血跡染了整面左袖，看著怵目。
「手不疼嗎？」
「……疼。」她愣愣地盯著他，還在想為什麼他會出現在此處——
鼻中聞到一絲香氣，她順勢看了過去——
是食盒。
雲琈恍然，他帶說好的壽麵來了……未等她回神，戚長君已道：「我幫妳上藥，走吧。」
雲琈忙不迭搖頭，神情無措。「小女子自己可以上藥！不、不用——」

「好，我送妳到房裡，不動手。」看出她的困窘和推拒，戚長君也沒打算強迫，乾脆地順從她的意思。「快把傷口處理好，不然妳的壽麵要冷了。」

對，她的壽麵！雲琈回過神來，不再忸怩，乖巧地頷首。

「將軍這邊請。」

◆◇◆

領著他往後堂走去，穿過門，梁君閣內院別有洞天。

入目先見江南風格的曲橋迴廊，綿延柔婉地盤踞在一大片人工湖泊上，湖泊中央有一小段曲橋可接湖心亭，遠眺四周，紅樓層層疊起，或在松柏之中被隱大半，或現於眾人之前，滿庭綠意和紅樓相襯，頗有幾分幽然愜意。

雲琈一進內院，就有兩名婢女過來，一名提著藥箱，另一個捧著一盆清水。

「雲大人。」

雲琈朝湖心亭的位置移了眼光，婢女意會，將藥箱和清水放在庭內石桌後便退下，她這才領戚長君走到亭內。

「再進去就是各個師弟妹的院子了。」所以不便再進去了。

他聽懂了，頷首。

她右手拿過斗篷，隨手掛在憑欄上，要伸手拿他手上的食盒時，被他避開。

「我來，重。」

待他將食盒放到桌上時，雲琈已將左袖挽起，俐落地固定好了。

她微側過身子，將傷口面向亭外，拾起掛在盆上的布巾細細地擦拭。

不同閨中女子細緻如凝脂般完美無瑕的肌膚，她的手臂雖白皙，但錯落著淡淺不一的傷口。

今日新添的傷口因剜了一小塊肉，血肉模糊之外也怵目驚心。

雲琈傷在左臂，傷口又深，手臂根本抬不起來，擦臂還不妨礙，可上藥就沒辦法了。

戚長君捻起藥瓶，動作輕柔地托起她的手；她皺了眉，仍沒喊一句疼。

「除了這裡，還有其他傷處否？」小心地將藥粉撒上創口，戚長君拿過一旁的布條，動手將傷口纏了起來。

雲琈搖頭，整個人在他碰觸到的瞬間再度緊繃，直到他纏好傷臂放開，才漸漸鬆軟了肢體。

「我不會傷妳，為何見我時總是繃緊身軀？」初時見面，她為了血麒麟跟他一路，那時互有警戒無可厚非，後來血麒麟驗出是假、她派小神醫進宮救治太后——

他看得很清楚，她沒有害他的心思，反而三番兩次的幫他，為何見他時，總像是怕他將她生吞的恐懼模樣？

他有些不解她的反應。

「這……」雲琈欲言又止。約莫就是……越接近他，就越害怕自己哪裡不好，而產生的一種情怯吧。

人說近鄉情怯，或者她這是近愛情怯。

「小女子、小女子會努力的，下次、下次不會這樣了。」她低下眼眉，趁著解開挽住左袖的繩子時，撇過頭冷靜一下。

「無妨，我只是不解罷了。沒有別的意思。」

雲琈輕咬下唇，覺得解釋就等於承認她對他確實有別種心思，便轉而提了別的話頭——

「……小女子想吃壽麵了。」

他一愣，明瞭她這是想要岔開話題。

將食盒打開，拿出仍有餘溫的麵碗，晶瑩的麵條一圈圈繞著碗沿，給中間留下一個銅板大小的空缺。

雲琈接過戚長君遞來的筷箸，清麗的臉龐力求鎮定，可那雙瑩亮雙瞳滿是興奮讚嘆。她沒有出聲催促，只盯著他的手。

戚長君再拿出一個小碗、兩只碟子。

他眼角餘光瞥見她這孩子般的神色，不由有些想笑，心底那股難以言明的柔軟又冒出頭來，萌芽似的長開。

他拾起盒內另一雙筷，將碗中的麵條夾了一點起來，放入小碗裡，動作輕巧，如行雲流水，一根麵都沒斷。

「要先吃甜的，還是鹹的？」

她已經在心底讚嘆這手藝不只百次，聽得他問，有些呆愣地答：「鹹、鹹的。」

「好。」戚長君輕應，嗓子不覺帶點柔意。

把事先裝在竹筒的熱湯倒入碗中，染著極淺竹香的熱湯盛了半碗，湯汁清澈，如碧波流淌。

由小碟加入的蔥花飄浮其上，竟有種雪中青竹的感覺。

「吃吧。」

她應了聲好，拾筷夾起麵條，小心地放入口中。長輩皆言，能吃得越長不斷，越代表是個有福的。

麵條入口的滋味太好，再思及掌廚的人是誰，忽地有一股難言的幸福感充滿雲琈胸腔，她小口地吃著麵、喝著湯，每一口皆如珍寶佳餚。

戚長君坐在她對面，瞅著她吃麵時的表情，心裡那根苗芽不由往上竄了點，讓他的心口微微發麻，似乎還帶點癢意。

……這麼滿足嗎？他覺得有些好笑，卻也欣悅。

「好吃嗎？」他問。

「好吃！」

雲琈的臉都要埋進碗裡了，聽到他問話，抬起螓首，朝他揚起一抹極燦且滿足的笑花。

笑花綻放的瞬息融化了她清麗眼眉中暗藏的冰雪，流淌出一股耀目的晶瑩，恍惚地眩暈了他的眼。

戚長君怔忡了一瞬，也朝她勾脣淺笑。

「別吃太多，還有甜的還沒嘗呢。」

她聞言茫然地抬頭，將碗端起捧到他面前。

「可是……我吃完了。太好吃了我就……我不是故意的——」她有些無措地道歉，雖然不明白自己為何要道歉。

戚長君心頭閃過一絲訝然，安撫地道：「無事，只是怕妳這個吃完後，吃不下後面的東西。」

「嗯？」後面的東西？她目光移到旁側，除小碗和小碟，還有一支竹筒，她不解的目光挪回他身上。

戚長君換過新的筷箸，再把方才另外盛起的麵推到她眼前。

「我不知妳喜歡何種口味的壽麵，便甜、鹹兩種口味都做了。吃完後告訴我想吃哪個，來年我再給妳做。」

雲琈震驚地瞠目，在驚訝之後，還有幾不可見的怯然喜悅，小心慎微的藏在清麗的面目之下。

「可、可以嗎？」

淺淺的疼痛從他心腔打了進去，不太難受，卻讓他心房一窒。

戚長君掩下眸中情緒，輕道：「當然可以。」說著，把甜湯的湯水倒入碗中，這次照樣把小碟上的粉色小糰子，撥入碗裡，推到她面前。

粉色的糰子在湯中浸潤，徐徐地開成一朵花。

雲琈目瞪口呆，帶著怕把花朵碰壞的戰戰兢兢，將花朵糰子夾起來，放進口中。清甜的花香味，嚼散之後於唇齒間漫開。

這次不等他問，她嚥下糰子後便興奮地道：「這個也好好吃！」

「妳喜歡便好。食盒下層還有壽糕和壽桃，晚點歇了再吃。」

「嗯！」歡悅地應了聲，雲琈又專心地吃了起來。

吃完甜湯壽麵，她擱好碗筷，心滿意足地向他道謝。

「我還有聖上口諭給妳。」語落，戚長君站起身。

她一愣，而後單膝跪地。

「梁君閣雲琈聽旨——梁君閣醫治太后有功，賜血麒麟一只，但因血麒麟遭竊，特命定北將軍戚長君，偕同梁君閣尋血麒麟，欽此。」

戚長君嗓音淡淡，平靜而沉穩地吐出聖諭。雲琈心裡翻起萬丈滔浪，待他話畢猶有幾分怔忡，目光與他對上之時，才回神謝恩。

「謝皇上恩典。」

他虛扶她起身，她還不敢置信聽到什麼。「皇上把血麒麟……賞賜給梁君閣了？」

戚長君頷首。「嗯。血麒麟雖入宮廷，但數年來在宮中蒙塵，皇上也有意讓血麒麟就此回歸江湖。既然梁君閣對皇家有功，自當行賞。」

「那、那……」

皇上將血麒麟賞給梁君閣她是很歡喜，但是……讓戚君偕同？雲琈有瞬間的茫然。

戚長君將雲琈的神情盡收眼底。「皇上派我一同找尋血麒麟，待物品尋得即可頒下明旨賜還。若之後有血麒麟的相關情報，也可訴與我知。」

雲琈只覺這席話將她一顆心吊得老高，心裡那股不對勁不減反增。她是欣喜於能增加與戚君相處的時日，可身分還有雙方立場，都根本不適合站在同一陣線啊，皇上此舉還有其他涵義嗎？

戚長君問：「妳此次負傷，是為了找尋血麒麟嗎？」

談起正事，雲琈就顧不得自己的心事了，示意對方坐下說話。「不，連江東面有一座佛寺，案主想要寺裡藏的千年舍利。佛寺有機關三重，故我帶小九和小十七去取，回程路上恰好聽到關於博通塔第二層鑰匙的消息，便去探探。博通塔第一層的鑰匙我已從洛家取走，第二層的鑰匙一定會被人嚴加看管，我們就想先去探探強度，再派人緊盯……結果路上中了埋伏，才會這般狼狽。」

戚長君沉吟後開口：「之前在洛府我就想問，血麒麟在九重博通塔的消息確實嗎？」

雲琈老實道：「不曉得，但這幾年梁君閣走訪全國上下，遍尋不著血麒麟下落，前兩年江湖竟有傳言說血麒麟從未出世，現今還在九重博通塔內，我們才想取得鑰匙去一辨真偽。但光是調查鑰匙的下落，就費了不少日子。」

「血麒麟世代由武林盟主守護，長年供奉在九重博通塔，十八年前盟主穆陀以『叛徒持血麒麟交換高官爵祿』之名滅了伏義一門，獲得眾門派認可登上盟主之位。原定的盟主繼承人伏義是上任盟主劉曄的弟子，穆陀把此罪名栽在伏義頭上，倒算不上胡亂指證，畢竟當時伏義的確是最容易接近血麒麟的人。」

「所以，當此說法在武林上流傳時，江湖中人大多憤慨暴怒。自然有人不信，但在遍尋不到伏義行蹤、劉曄又在不久後身死，甚至塔內幾位前輩有人失蹤有人傷亡的情況下……種種跡象幾乎都指向伏義是凶手……就在這時，玉虛宮尊者推舉穆陀上位，成為武林盟主。」雲琈板著聲嗓，又繼續說。

「自百年前玉虛宮將血麒麟傳給武林之後，歷代盟主都需從上一任盟主那裡通過考驗，再於博通塔前向諸派證明自己已獲得傳承，得血麒麟認之為主，方可號令群眾……如此，才算是名正言順、值得眾人效忠的盟主。」

戚長君問：「獲得血麒麟傳承可有表徵可循？否則如何證明已獲傳承？」

雲琈點頭。「獲得傳承之人在接觸到血麒麟時，血麒麟會盛起紅光回應。若是確定獲得傳承之人握了血麒麟卻毫無反應，便可證明血麒麟有問題。」

戚長君心下快速地掠過一抹疑思。

雲琈回答完又將話題帶回來：「穆陀只是臨危受命，血麒麟本來又是從玉虛宮出來的，只要玉虛宮尊者支持，多數人亦會因玉虛宮崇高地位而順從。而身懷傳承的伏義行跡不明，就算下了緝殺令也搜尋無果，時日漸久，再無人提起穆陀得位的正當性。」

她頓了半晌又說：「因傳言說血麒麟從未出世，案主因此懷疑穆陀此位得來有鬼，故委託梁君閣尋找血麒麟，而閣主，即我師父，與伏氏一族亦有些淵源，這才答應。」

戚長君恍然。「可取鑰匙進入九重博通塔不是易事，且穆陀奪位一事還是個猜測，梁君閣值得為此冒犯盟主，甚至與多數聽命於穆陀的門派為敵嗎？」

雲琈握緊手，一時未答。

戚長君見她模樣，心中有了答案。「既然梁君閣做此決定，可有謀算？」

雲琈鬆了心裡繃緊的那口氣。「九重博通塔如名，一共有九層，每一層都有守塔人，但在十七年前，八、九層的守塔人便蹤跡不明。因這兩位前輩是伏義的師叔，有人猜測他兩人是去追緝伏義替劉曄報仇，途中遭遇不測……這兩位前輩失蹤後，八、九層便封起來了，至於其他層的守塔人亦遭到攻擊，造成三人身亡、兩人重傷，穆盟主因此選了新的守塔人遞補——我們懷疑事有蹊蹺，故打聽當年之事。」

戚長君頷首。「……我知曉了。」

「說來這的確是件大事，彎彎繞繞的，難理頭緒……幸而今日得將軍援手，同我等一起尋找血麒麟。」語盡，雲琈起身朝他行了禮。

「快別如此說。」戚長君伸手虛扶對方一把。「我帶回西北降書後暫無要職，可跟你們四處行走。」

「多謝將軍。」

「壽麵既已送到，妳還有傷在身，就不叨擾妳休養了。先告辭。」

「我送將軍。」

「嗯。」

走出曲橋，穿過後堂，雲琈欲送戚長君到大門口，卻被他攔下。「送到這即可。既然中了對方埋伏，暗中或許有人監看……妳多加小心。」

雲琈聽話的停下腳步。「……嗯。將軍也多加留意。」

他盯著她的臉半晌，才問：「此舉或許有些失禮，但我實在想知道——」

「將軍請說。」

別說他們如今是合作夥伴的關係，就憑他是她的恩人，不論他問什麼，她都會答。

「上次和這次，哪一張臉是妳真正的容貌？」

雲琈的臉龐驟然發白，驚慌地抬袖將容顏半掩。「這是小女子本來的面貌……是不是不夠好看，嚇著將軍了？」說著，她退了半步。

他微訝，隨後勾脣淺笑。「戰場上面目全非者多的是，妳這樣如何能嚇住我？這張臉，比上次的好看。」

咦……她愣愣地放下右手，不太能回神。

「太豔的臉不合妳的性子。」他話畢，又說：「既然現在是合作關係，妳也別再喊我將軍了，叫我名字吧，省得露餡。」

雲琈纖軀一震，背脊緊了緊。「這……」

戚長君忽然有些自嘲地斂下眸中情緒道：「若是太勉強，就算了。」

她張口啟脣幾次，清了清嗓子才緩道：「……戚君。」

他無聲輕笑。真不知她的膽子到底是大還是小。

「今日妳生辰，不知妳喜歡怎樣的賀禮，女子之物我不會添購……這塊玉珮給妳，權當信物。妳若有事，執此玉到我府上即可。」他從腰上解下貼身帶著多年的玉珮，拉起她的右手，將物事放進她掌中。

「妳贈我金令，我贈妳此物，公平。」意思就是，她不想收回金令，也別想叫他把玉珮收回去。

手背貼著他的掌心，遒勁修長的指尖熨貼暖融的溫度，好似要一路燒到她的胸口，灼燙得讓她的手發顫。

「……好。」雲琈微弱地應。

他的手只停留須臾，那股熱度卻已長驅直入——烙在她身上各處。

她目送戚長君頭也不回的背影離去，直至不見，才緩緩收攏起右掌，背過身，將右手輕輕地放在自己胸口，微微地笑了。

◆◈◆

是夜，戚長君方從書房離開，舉著燈往房間走去，甫一下長廊小階，就感覺到一抹熟悉的氣息，嗓音隨後傳來——

「……戚君。」

他駐足，朝樹上看去。雲琈身影綽綽，半掩在葉影之後，他有些好笑，將燈舉高些。

「有血麒麟的消息了？」

她深夜入他府邸，怕惹人耳目，揀重點說完就要走：「嗯。博通塔第二層的鑰匙——」豈料她話未說全，就被他打斷。

「一時半會說不完，我們入屋談吧。」

欸？可是她沒有要說很久……

雲琈欲啟脣，戚長君好似不覺她仍有後話，轉身往書房走。「進來吧，我今日恰好做了新的糕點，幫我試一下味道。」

即將脫口而出的話被嚥下，猶豫不過轉瞬之間，雲琈應了他一聲好，從樹上躍下，跟在他身後進了書房。

他將房裡的燈點起，燭火搖曳出暖光，亮了一室。

「妳坐會，我沏個茶。」

「不、不用麻煩，小女子話說完就走——」雲琈在他的示意下落座，見他轉身要走，連忙站起來。

「坐好。」她被戚長君一掌按在椅子上。

他這一壓，她瞬時乖乖坐好，背部挺直，姿態端正。

戚長君滿意地離開書房。

他雖離去，雲琈仍是坐著不敢亂動，一雙眼細細打量書房，空氣中充斥著一股屬於他的淡然香氣。

他的書房整潔到一絲不苟，所有的東西都有條有理的擺放著，書案右側，捲起來的聖旨被供奉起來。

憶起他曾言將血麒麟賜予梁君閣的聖旨在尋到物品後便可頒下……原來聖旨早已在他這裡了啊……

想來他與皇上的關係確實非比尋常，是皇上的股肱之臣，頗受愛重。

既然如此，她也就能放心了。

斂下眼，雲琈趁他去沏茶時細理事情的脈絡，順道忖度還有何處不妥。此時書房的門被推開，戚長君端著托盤走進。

散著溫潤氣息的香茶還有擺盤精美的糕點，一下子躍入她眼簾。

「請用。」他將茶盞和糕點放到她手旁的小几上。

「多謝。」雲琈仍有幾分拘謹地端起茶盞，小啜一口後，眼睛一亮。

她早知他廚藝甚佳，不料連泡茶也是一等一的好。

戚君……果真什麼都很擅長。她抿脣微笑暗忖。

「喝了茶，再配一口荷藕糕吧。」戚長君邊說邊把碟子推到她眼前，待她捻起吃下，露出一抹驚喜的表情後，才微勾脣弧緩道：「這麼晚過來，手臂的傷不要緊了嗎？」

雲琈意猶未盡地將口中的荷藕糕嚥下，乖巧地有問必答：「休養五日多，現已無大礙……今日來，是因有了第二層鑰匙的消息。」

她從懷中拿出一只錦盒打開，裡頭是如意鎖。

「有何異狀？」戚長君瞥了眼錦盒內的如意鎖。

憶及前幾日自己在吳尚書府上所聞，雲琈斟酌地道：「這只如意鎖是吳尚書家歷代相傳之寶，聽說是難得的崑崙美玉，由雕刻大家細心琢磨，是極為稀貴的珍品。而這只是鳳鎖。」

雲琈思量了會，又道：「小女子懷疑還有龍鎖。且吳尚書一家，或者說是其族人，應有人是博通塔第二層守塔人。」

戚長君一愣，似是沒料到會這樣。「如何推斷？」

雲琈咬住下脣，一時半會沒有說話，悄然收緊腿側的指尖。

戚長君見她神情掙扎不欲多言，倏地了悟。是了，他們兩人身分對立，他雖無抓捕她的心思，但並不妨礙官賊之別的身分自然帶來的牴觸。

他歉然一笑。「抱歉，妳若如此推斷，必是有一定的把握和證據，我不該多問。」

雲琈瞬時鬆了口氣，慢慢卻有股有酸又澀的情緒堵著心口——這情景，又一次提醒了她兩人的身分之別。

「戚君也是想理清事情脈絡，不妨事。」

戚長君問：「聽妳之意是想尋龍鎖下落，需要我幫什麼忙嗎？」

「小女子想請戚君上京兆尹衙門一趟，調閱十七年前吳尚書在京外遭人追殺的卷宗。」

「妳已有頭緒？」他一怔。

雲琈不甚確定，但仍是頷首。「不知有沒有想錯，姑且算是這樣吧。」

「好，我明天走一趟衙署。」

她站起身來一禮。「多謝戚君。既然話已傳畢，那小女子就先告辭了。」

「這些荷藕糕拿回去吧。」他不知從哪拿出小食盒，將荷藕糕連碟子一起放進去遞給她。

「真、真的要給小女子嗎？」雲琈愣愣地捧著手中的食盒，不敢置信地瞅著他。

「嗯。」戚長君又道：「明日拿完卷宗，再去找妳。」

她有些靦腆地笑了。「好。」

六章

天色猶有幾分朦朧，街上只有三兩行人行走，街道一眼望去空蕩蕩的。

梁子玨提著一只木盒上前敲門。

戚長君早有吩咐，戚府的下人將人迎了進來。

戚府因有世襲勛爵，雖人丁單薄，但戚家子弟各個驍勇善戰，歷代以來得到的賞賜豐足，地位亦是大煌武將之首，其宅邸占地之大，非外人能想像。

進前廳前，得先走過一片灰石磚地鋪就的練武場。戚家兒郎從軍之前，皆會在此操練武藝，有時新兵訓練也會帶到這裡。

「梁大人請，少將軍請您先到書房等他。」

梁子玨抬眼眺向戚家廚房方向，那裡果然泛起裊裊白煙。「你家將軍在廚房吧？我去廚房找他。」

「這……」

梁子玨朝他擺擺手，逕自轉了腳步。「無妨，我再跟他說一聲就好了。他讓我這時候過來找他，不蹭他一頓飯怎麼行？你去忙吧。」

戚府他很熟，不用人帶路也不會迷路，同樣，梁府戚長君也挺熟。

越走近，飯菜的香味就越濃，最後梁子玨受不住肚子裡的饞蟲，施了輕功一路飛躍過去。

「長君——」

他推門進去時，戚長君正在炒菜，一旁的蒸籠冒著白煙，兩座大灶四個口都沒閒著。

他一人俐落地在廚房裡忙活，偶爾有廚娘在旁邊為他顧火候，但大多時候還是他動的手——

戚將軍沒什麼興趣嗜好，就是喜歡練練劍、耍耍拳還有煮飯做糕點。或許是在軍中久了，他連女紅都非常上手。

戚長君沒有抬眼看他，一旁的廚娘走過來，指著桌上已經盛好的飯菜。「將軍說了，您鐵定不會到書房等著他，所以您的早膳已備好了。」

廚娘睞了眼梁子玨手上拎著的食盒，慈眉善目地笑了。「梁大人您是要帶走呢，還是在府上用呢？」

廚房外不遠有一座小亭，亭旁栽了幾棵松樹，夏日時節能遮蔭納涼，冬日時能看雪賞景。

有時戚長君做了糕點，就會在亭子裡面邊吃邊思考要如何改良。

「既然都好了，我就帶走吧，勞煩妳了。」將盒子裡的卷宗拿出來，梁子玨邊說話邊將盒子遞去。

戚長君恰好將最後一道菜盛盤，放到桌上，轉過身去洗手。

「我看一下。」

梁子玨將手中卷宗交予他。

戚長君回頭吩咐廚娘，將他方才炒好的菜裝進另一只食盒，接過卷宗跟梁子玨一起走到旁邊的小亭。

「你這麼急著要這份卷宗做什麼？半夜三更的潛入我房裡，差點沒被你嚇死。」

戚長君淡瞥他一眼。「何時膽小如鼠了？」

梁子玨一噎，哼的一聲轉過頭。他本以為戚長君會當場閱起卷宗，豈料對方只是打開，快速地掃了一眼，確認卷宗沒錯，就收了起來。

「多謝。」

廚娘將兩人的食盒裝好拿了過來，兩人各自接過，戚長君便示意他一道往外走。

梁子玨問：「你要出府？」

戚長君回：「嗯。」

他狐疑地看去，腳步不停。「為了血麒麟？那幹麼帶食盒……而且還跟我要吳尚書的卷宗……」梁子玨快步走到戚長君面前，挑眉問他：「不對，你有什麼事情瞞著我？老實交代！」

戚長君睇了他一眼，道：「梁君閣救太后有功，皇上賜血麒麟，但此物不知所蹤，派我協尋。昨日阿琈來找我說要查此事，約好今日拿卷宗給她。」

阿琈？梁子玨皺眉，暫先壓下心中的怪異感。「那梁君閣也有飯菜吧，為何要你帶過去？況且你去找她，應該是她招待你，怎麼反過來了？」

戚長君一愣，似被人點了穴道，盯著梁子玨緩道：「她沒有讓我帶去，是我想讓她嘗嘗味道。」只是想到她吃壽麵時那副驚喜滿足、開心得像個小女孩的表情，他的

的問話。

心口就無比舒坦。

猝不及防的答案，讓梁子玨不禁問：「長君，你該不會心悅於她吧？」

戚長君認真地思索了下，問：「何指？」

「就是在你眼裡，她跟一般姑娘不同，你心疼她、想呵護她——」

「有了那些，就算心悅嗎？」戚長君平靜地問，腦裡又現當日皇上那與此時無二的問話。

皇上那時是說：「長君，你喜歡那個盜仙嗎？」

長君居然沒反駁他，還反問！梁子玨俊眉皺得更緊，面色凝重地說：「你別忘了，你和子珮有婚約！況且你與那少閣主一個是官一個是賊，門不當戶不對是不可能在一起的！你若對她有心思，還是趁早掐斷了的好——」

戚長君沒應，眉間輕擰。

梁子玨見狀，又想開口，一旁有僕侍匆匆來報：「將軍、大人，方才衙署有人帶話，說吳尚書被千面盜仙殺死於府上，請大人走一趟！」

梁子玨大驚。「你說什麼！」

戚長君俊眉當即皺起。「除此之外，還說了什麼？」

奴僕：「衙役來報時說現場已封鎖，請京兆尹大人盡快過去。」

梁子玨轉身就往門口走。「知道了，即刻過去。」

戚長君也隨他走。「我跟你一道去看看。」

梁子玨抬手攔住他，半側身對他道：「你祕密回京，暫且不宜暴露，我自個兒去就行。我先去看看是什麼狀況，回來再與你說。」目光不經意掃到他手中提著的卷宗和食盒，面色不由有些複雜。

半晌，梁子玨語重心長地說：「長君，我不知皇上讓你與梁君閣協同尋找血麒麟是何意……但雲琈此女，你對她瞭解幾分？她前頭才接旨，後頭就殺了朝廷官員——」他話沒有說完，點到即止。

不論你對她有何心思，都該在此時止步了。

戚長君明白，他沒有說話，目光微微垂斂。

「去吧，回來之後再議。」

「嗯。」梁子玨頭也不回地離開。

不論自己心思如何，他都做不到對她的事袖手旁觀。

◆◆

一早，雲琈換好衣裳後出來，照慣例聽各方匯報，卻在猛然聽到吳尚書被殺的消息時捏碎了茶盞，一旁的二師兄跟著手抖了一抖，疑惑地看了過去。

「……吳尚書哪兒惹到妳了，妳居然悶聲不吭地殺了他？」他明知她不會出手傷人，這話多是揶揄。

雲琈一眼睨去，接過他遞來的巾帕，將沾了茶水的手擦乾。「說的我像是個暴脾氣……我沒動他，甚至他也不知我去他府上，根本沒見到面，怎麼誤傷？」

那倒是。憑阿琈的身手，怎麼可能讓人發現？何況他們現在在追血麒麟下落，偷東西是為了尋找線索，誰會沒事攬條人命在身上？

那麼，現在又是什麼狀況？

「讓我派人去查嗎？時機也太巧了，要被有心人操弄，可方便他們栽贓嫁禍了。」

「好。我昨晚跟戚君要了卷宗，等他過來，我順道問問怎麼回事。」

二師兄輕笑一聲，應了聲行。

然還不等對話結束，外頭十六已經邊跑邊嚷過來：「師姊、師姊啊！大事不好了！京兆尹帶人圍了梁君閣啦——」

雲琈和二師兄對視一眼，兩人先後踏出廳中，雲琈恰好與十六錯身而過，十六只聞她道：「怕什麼，吳尚書一早死了，要說人是我殺的，也得拿出證據來與我對質！」

二師兄倒是一點也不擔心，搖著扇子神色悠然地跟著，邊說：「是……我說阿琈，咱們好好說話啊，妳先把妳搭在腰上的手挪開先——」

十六目送師姊師兄的背影，深刻感受到他們心靈的強大。

◆◈◆

梁君閣前，梁子玨領了一隊護軍圍在門口，一隊在巷口待命。為怕捉捕雲琈歸案途中有傷亡，梁子玨下令清場，附近看不到任何百姓。

閣中夥計面有難色。「大人，小的已派人去請了，您——」

梁子玨冷哼一聲。「本官怎知你們是真的派人去請，還是叫人通風報信？還不挪開讓本官進去搜人！」

「唷，京兆尹大人好大的官威呀。」隨著清亮嗓音而至的，是雲琈纖細卻不柔弱的身影。

梁子玨挑眉，有些意外她居然沒跑——一向跑給他們滿城追的千面盜仙，今日竟肯乖乖束手就縛？

「殺人償命天經地義，休要與我分辯口舌！本就是妳殺了人，現在還敢不認？」

雲琈方冷聲一嗤，後面的二師兄就溫吞地站在她身邊接話：「梁大人這話可真是冤枉，我們雲琈可乖巧了——是殺了誰啊？沒有證據，也不能平白指控她殺人不是？況且她要真殺了人，怎麼也得跑個不見人影啊。」

乖巧？梁子玨暗暗咬牙，一直曉得雲琈是個難料理的，沒想到整個梁君閣不僅難拿捏，還一貫會睜眼說瞎話！

就沒半個好東西！想起早前戚長君與他的對話，他不禁又是一陣氣憤凝結在胸，忍了半晌，才壓下怒意緩道：「證據自然是有的，不如勞煩雲姑娘跟本官走一趟大堂吧。」

二師兄上前半步欲攔：「那可不——」

雲琈抬手止住他後話，唇角微挑，容色又妖又豔。「我與大人走一趟便是，大人就不用為難我梁君闍了吧？」

她答應得俐落乾脆，梁子玨一怔，隨即回道：「可以。」

雲琈回：「那就走吧。」

二師兄抬步擋在雲琈面前。「阿琈——」

雲琈知曉他心中憂慮，朝他勾脣一笑，微傾身，用兩人能聽清的音量道：「我跟他們去一趟，瞧瞧是什麼情況也好。你安心在閣裡等我消息，要是過了今晚我沒能出來……」

她輕笑。「你便來牢裡撈我吧。」

二師兄本來放下的心，因她後一句補充又懸起，差點沒被她摔死。「……知道了。妳諸事……小心。」二師兄說。

雲琈應了聲，移步往梁子玨那裡去，梁子玨已準備好鐐銬等她。「為防妳使詐脫逃，到大堂前先上鐐銬。」

二師兄不允了，直言：「梁大人這是何意！人不是我們殺的，你手銬一上、當街一走，要置阿琈的聲譽於何處！」

梁子玨冷哼。

雲琈這些年盜盡天下珍寶，視王法於無物，行蹤不定，教他們疲於奔命，在他心中，已與重罪之人無誤。

雖不知今日她為何不逃，他也猜測這是緩兵之策，故不願有半分鬆懈——再者，也有一些遷怒在裡頭。

誰叫這個奸滑狡詐的女人用下作的手段勾引長君，迷得他心生惘惑！要是再讓她與長君多處一段時日，珮兒和長君的婚約，還不毀得一乾二淨？

就他看，最好這吳尚書一事，能立馬定下雲琈的罪，教她再翻不起風浪來！

「聲譽？她一女子，若真愛惜聲譽，老老實實照本分過日子不就得了？既當了賊，如何又要別人配合著立牌坊，說笑呢？」

這話著實難聽了。

二師兄怒火大起，摺扇一收當即要動手，雲琈喝了一聲：「小二！」

「阿琈！」

雲琈眼神瞥過一旁的十六。「愣著作啥，拉住你師兄。」

「啊、哦！」從剛剛一直試圖隱藏自己存在的十六，趕緊過來拉住二師兄的袖子。

——沒辦法，大師姊的話不敢不聽，但二師兄他也不敢全力阻攔。況且，他也是真氣！

這京兆尹什麼鬼玩意兒，他家大師姊千般萬般好，風流快意一點又怎麼了？她本就不是世俗可以規範的女子，活得恣意些礙著誰啦？需要他一個京兆尹來品頭論足？我呸唷！

雲琈微垂下眼，辨不清眸中情緒，但聲音清冷：「既然京兆尹想鎖了小女子，小女子就範便是，何必多惹口舌。」話畢，不等眾人反應過來，伸出一雙皓腕，任士兵將銬具上了她手腕。

「乖乖待著等我回來。」雲琈丟下最後一句話。

梁子玨帶著她一路離開，二師兄和十六只能目送她離去。

十六盯著雲琈直挺的背影，頂天立地的，說不出的驕傲又有些酸澀。「二師兄……那我們現在怎麼辦啊？」

二師兄顯然與他想的是同一件事。「雖然我不相信官府有證據，但他們既然能斷言凶手是阿琈，必然掌握了某些關鍵……」他吩咐十六：「你走一趟戚府，傳信十三、十四，讓他們請戚君出面，帶他兩人去驗吳尚書屍身。」

「驗屍？」十六不解。

二師兄嗯了聲。「既然能斷定凶手是大師姊，證據十有八九是在吳尚書的屍首上，就算要幫忙查真凶，我也得拿到線索……官府的人我可不信，叫十三、十四走一趟。」

「交給十六，師兄放心！」十六頷首，毫不耽擱地往戚長君府邸趕。

二師兄邊搖著扇子邊往閣裡走，心中的思量一刻不止。

◆

雲琈被帶到公堂後，梁子玨暫且將她關在牢房內。

地面鋪了一層枯草，角落放著床榻和桌案，瞧著簡陋但還算乾淨。雲琈俯看手上和腳踝上的刑具，輕笑一聲後坐在床榻上。
真是天真的京兆尹呀，她要想逃，這方天地哪裡困得住她？且當是安他的心、不給戚君添麻煩好了。
既來之且安之。
雲琈一被帶走，十六當即走了趟戚府，正逢戚長君要出門，十六立刻跟他說明一早梁君閣發生的事。
戚長君隨即派人喊十三、十四，領著兩人上京兆尹衙署，十六則轉身回梁君閣給二師兄報信。
故雲琈在牢裡還沒坐上兩個時辰，戚長君便帶著十三、十四進牢房看她了。
「師姊！」小十四見到雲琈盤腿坐在床榻上調息，腕上有捆手的刑具、裙下一條鎖鍊牽到牆角嵌在壁裡，立刻心疼委屈到要哭。
十三雖沒有說話，目光也緊瞅著腳銬，滿是不贊同。
雲琈察覺來人，一睜眼，小十四就撲進她懷裡。「太過分了！梁大人怎能不分青紅皂白給師姊定罪，還讓師姊受委屈！」
雲琈尚不及看還有誰來，只得先安撫懷中的十四。「不委屈，照流程辦事罷了。小二讓你們來的？告訴戚君了嗎？」
十四點頭，側過身指向後方。「十六來府上傳信將事情說明白了，戚君領我和哥哥過來的，等會兒要去驗吳尚書的屍首。」

什麼？雲琈一抬眼，前方果然站著十三和戚長君！她眼底瞬間閃過一抹慌然，隨即憶起上次分別時，她已告誡過自己，下次見他時要改的！

本能要起身的反應被她用力壓下。她在師弟妹前是什麼樣的，在他面前展現也無妨。

淺淺調過幾次呼息，她朝戚長君頷首道：「多謝戚君，勞你走這趟了。」

十三趁兩人談話，走到雲琈身側自然地給她把脈，雲琈只瞥一眼，並未拒絕——這是怕京兆尹在銬上動了手腳。

戚長君搖頭。「無礙。吳尚書一事，我來前已問過，是受一擊狠鞭斃命，屍體旁留下血書梁君閣三字。且吳家傳家寶不見蹤影，所以吳家一口咬定是妳殺人奪寶。」

十四不滿地哼了聲。「師姊身手可好可好了，在人察覺前即可奪物，殺人奪寶根本沒必要！功夫不到家的小賊奪財殺人，還要賴我師姊頭上，汙我師姊名聲！」

十三低斥：「十四！」

驚覺自己說了什麼的十四連忙摀住嘴，自知犯錯但不後悔維護師姊，卻又怕惹惱師姊，委屈地把臉埋進雲琈手臂。「……哼。」

雲琈有些羞窘，不禁望向戚長君，欲從他面色猜測他想法，但他似乎沒聽清十四說了什麼。

「……戚君見笑了。」雲琈想了半天只擠出這句。畢竟，身手敏捷地偷東西也不是什麼值得炫耀的事，小孩子氣不過被激出情緒反駁，只是替她委屈。

戚長君淡淡地笑開。「無妨，就事論事罷了。」他又說：「為了釐清案情，我要帶兩位小神醫往停屍處走一遭，妳且暫待此處可否？」

雲琈一愣，隨後笑了。「好。」

十四依依不捨地離開，還叮嚀她：「那……我們先隨戚大人去了，師姊忍一會兒。」

十四這人小鬼大哄孩子的語氣惹她失笑，雲琈捏了捏她的鼻子。「好了，又不是沒待過比這更糟的地方，師姊不委屈。」

「去吧。」雲琈擺了擺手，對戚長君道：「他們兩個就有勞戚君了。」

戚長君輕應一聲，離去前，不自覺回眸再望她一眼，正好與她眸光相對。

雲琈沒料到，被他一驚；然而不等她做出反應，戚長君已脣角微揚，步出牢房。

◆◆

戚長君領著十三、十四走到殮屍房時，梁子玨已候在門外。

看著守門的兵卒搜過十三、十四的身之後，他便將人放進去，戚長君則和他退到院子說話。

戚長君問：「如何？」

梁子玨哼了聲。「我還道雲琈安分，沒想到轉眼你就帶著小神醫們上門了。是梁君閣報的信？」

戚長君一哂。「嗯。讓他們驗看也無妨，即使雲琈非良善之輩，也由不得官府誣賴。況且，你不也讓她一路戴著刑具進牢了嗎，還不夠你發洩怒氣？」話音最後居然有幾分冷意，似不滿梁子玨的作為。

梁子玨去捉拿雲琈時確實心懷惱怒，當時亦是受情緒驅使，加上逮到人的優越感使然，才有那些舉止——這會自知那時的行止有錯，不由心虛。

「……我那時不是被氣得狠了嗎，吳尚書乃朝廷二品官員，她雲琈不只盜了家傳至寶，還殺人滅口、來去如入無人之境，視王法為無物，我能不氣嗎！」

戚長君眺了眼殮屍房，又看向他懊惱的臉色。「現下回過神來了？」

「……回過神了。」梁子玨乾巴巴地道。長君與他同齡，甚至小他一個月，卻因長年受軍事訓練，又常板著臉、少言穩重，每每讓他生出長君才是兄長的錯覺。

梁子玨言：「我去吳府勘驗時，吳尚書倒在書房桌案旁，不見打鬥痕跡，旁側卻以血寫著梁君閣三字，加上胸腹那道鞭痕，都抽破衣裳透到骨子裡了，一擊斃命……傳聞千面盜仙使得一手出神入化的長鞭，再加上如意鎖失蹤，他們府內上下對雲琈就是凶手這點，毫不懷疑。」

戚長君沉吟。「此處有疑。」

梁子玨續道：「之前不是傳言吳尚書府上有機關寶庫嗎？我去瞧了一眼，除了如意鎖，其餘寶物都無事，且主要機關無損。這手筆，定是雲琈親自出手。我追她的案子也不是一、兩日了，她確實只會拿走她想拿或該拿之物，其餘的她連動也不會動，且她對機關擅長的程度非常人能比擬……我就想不通了，既然她可以悄無聲息的走，又何苦要對吳尚書下手，反倒惹了一身腥？更甚，還在屍體旁留下梁君閣三字。」

戚長君回：「嫁禍。」

梁子玨點頭。「但不能排除是梁君閣動手，卻故弄玄虛栽贓自己，而雲琈的不躲不逃亦是混亂官府思緒的一環，可他們目的在哪？且吳尚書雖是文官，聽說也有點功夫能防身，就算打不過雲琈，難道還弄不出動靜嗎？毫無聲息地被人殺死，凶手可能是吳尚書會毫無防備的親近之人。」

他續道：「吳尚書的仇人十有八九是朝廷官員，我尚能一一排查，可雲琈是江湖女子，要嫁禍於她，為何又要選官員下手？莫非，她與朝廷有關係？」

梁子玨不知吳尚書另外一個身分可能是鑰匙保管人，戚長君琢磨了會，決定按下不提，只說：「不。」

梁子玨問：「不？那就是雲琈的仇人找上門來，吳尚書倒楣地成了替死鬼？」

話說到此處，屍也驗完了。

十三道：「戚大人、梁大人，我們查驗完了。」

戚長君心神一動。「可有眉目？」

十四點頭。「我與哥哥有一人選，但需要先和師姊確認。」

梁子玨擰眉。「為什麼不能直說凶手是誰？」

十三依舊神情冷淡。「凶手是擅於偽裝、武功高深莫測的武林人，官府可有法子擒拿？況且我們猜測的人選，還需與師姊確認是否屬實。」

戚長君問：「有幾成把握？」

十三肯定地道：「九成。」

戚長君點頭。「好。既然如此，我進宮一趟去求旨意。」

「長君——」梁子玨大驚，瞪著戚長君。「怎麼就要進宮求旨意了？」

「我猜，此事可能與血麒麟有關。」

十三、十四則表示他們要去地牢，戚長君亦點頭同意。

梁子玨沒搞懂狀況，臉上一片茫然。「啊？」

回過神後他立刻跟上，大喊：「等等！既然與血麒麟有關，那我也跟你一起進宮。」

「為何？」

「我好歹也是京兆尹，沒道理辦個案還要讓你幫忙，況且我感覺這事沒完，之後的牽連會更多——再說了，多一個人多一份力不是？」

還能藉機觀察他和雲琈，究竟是怎麼回事！

若長君真對那雲琈有想法……他也方便掐滅了它！

樣？

進宮面聖完，戚長君和梁子玨來到關押雲琈的牢房。

十三、十四已報告完線索但並沒走，牢房裡的三個人，並排在床榻上盤腿打坐。

梁子玨：「……」小神醫們是不是仗著是太后的主治，認為自己不敢對他們怎

他看向戚長君的眼色忽然哀怨起來。

戚長君只做不懂，示意梁子玨拿鑰匙開門。

床上三個人同時睜開眼。

「我們出去說話。」戚長君彎身解開雲琈手銬。

兩人一時間離得極近，她能清楚瞧見他垂下的睫羽，耳根乍起一股溫熱。

見師姊重獲自由，十四歡呼了聲。

「京兆尹大人明察秋毫，已知不是小女子犯事了？」

戚長君嗯了聲，接著蹲下身去想解她腳銬。雲琈不解他為何突然蹲下，還似笑非笑地望著她，眼有柔意。

「戚君？」心悸一瞬，她疑惑出聲。

「腳銬不想解了？」他有些好笑地問。

「要的！」雲琈回神，忙不迭把自己盤起的腿放下，撩開一點裙角，好讓他除腳

盜戚君

桓宓 著

尖端出版
www.spp.com.tw

銬，模樣看起來極為乖巧。

「小神醫們說他們知曉是何人下手，但得先對妳稟報。」梁子玨看戚長君替雲瑘除掉刑具，此時說這話，語氣有幾分不甘願。

雲瑘也沒在意，五人一起離開牢房，進了廂房。

戚長君待眾人落座後才開口：「因小神醫們說已曉得凶手是誰，事涉武林重寶血麒麟，恐牽動江湖，所以我與京兆尹進宮將事情原委上呈。聖裁吳尚書一案既有隱情，便暫按不判，但此風波與梁君閣有關，梁君閣需得協助逮捕犯人。」

雲瑘起身抱拳。「梁君閣上下必盡全力，擒獲凶手。」

梁子玨有些不習慣她這姿態，擺擺手。「只是暫時不判決而已，妳以往的罪責可不是就此一筆勾銷。眼下我們是一條船的人了，妳快點讓人將犯人的來歷說明白。」

雲瑘挑眉。「一條船的人？」誰跟他一條船？

戚長君解釋：「聖上的意思是，此犯與血麒麟有關，由妳負責找血麒麟，他負責找犯人，消息共通，人力必要時也可共用。」

沉默片刻，雲瑘道：「既是合作，小女子斗膽跟梁大人借個卷宗，好驗證猜測。」

梁子玨乾脆：「可以，什麼卷宗？」

戚長君曉得她說什麼，那份卷宗本來今早就要帶到梁君閣給她，卻遇上吳尚書遭人殺害一事，至今還未送到她手上。

戚長君從懷裡摸出來往前遞。「在我這裡。」

雲琈微訝，接過後直接攤開看。

室內一片安靜，十三、十四從頭到尾都在安靜地喝茶。

片刻後，雲琈蓋上卷宗。「依我師弟妹查驗的線索，小女子已大致能確定凶手是誰了。但吳尚書之死，尚不能斷定是鞭傷一擊致命。可能還有其他因素……」

「比如？」

雲琈笑了笑，只言：「不如請梁大人放行，等小女子回梁君閣後，再擇日解釋給梁大人聽。屆時，凶手的資料、行蹤，全數獻給大人可行？」

梁子玨直接點頭應好。

面聖前他就與戚長君討論過，按梁君閣所言，殺害吳尚書的犯人是武林高手，那以官府的路子的確不好捉拿，州府之間也還要文書，不如交給梁君閣，一方面放鬆犯人警惕，一方面將自己轉明為暗。

且梁君閣出力也能省了官府不少力氣……梁君閣雖不是什麼正義組織，但平心而論，這件事交給他們處理，不會比他親自過問來得差。

雲琈得到同意，轉而看向戚長君說話：「之前的臆測已被證實，博通塔第二層的守塔人，是吳尚書。」

梁子玨大驚。「什麼！」這樣的話，吳尚書被江湖人士殺掉，也無甚奇怪了。只是朝廷二品官員竟是武林至寶的守護人……細想不免讓人害怕。

戚長君問：「從何處推斷？」

雲琈把卷宗遞還。「第二層的鑰匙在吳家，而十七年前吳尚書又在巧合的時機下遭人追殺……追殺他的人，十有八九是為了奪得鑰匙開塔。」

戚長君好似猜到什麼，瞥了雲琈一眼。

她自然地道：「沒錯，若血麒麟已藉伏羲之手獻給朝廷，博通塔內便無神物需要守護，既然如此，為什麼還要對守塔人下手？而且，受到追殺的，可不是九位──」

如果九人都被追殺，還能說是因為守塔人失職，遭人處決──雖然殘忍，但沒保護好至寶受到懲罰也是理所應當，怨不得人；但九個人裡，兩人失蹤、三人身亡，兩人重傷，只剩兩人完好沒事──這裡面當真沒有半點貓膩？

戚長君順著接話：「妳懷疑守塔人分成不同立場的兩派？」

「是。吳尚書與十七年前身亡的那三人，效忠前任盟主劉曄，失蹤的兩位前輩立場不明，其餘的，都是現任盟主穆陀的人。」雲琈道。

梁子玨不禁插話：「可是穆陀已是盟主，守塔人有立場也不是什麼大問題了，畢竟血麒麟不在塔中，『守塔人』就是個職位稱呼罷了，是不是自己人有什麼關係？命令一下，能被驅使就行。」

雲琈眸光微閃，勾脣一笑。「那麼請問梁大人，什麼情況之下，你會害怕這個人不受你驅使，甚至可能反叛你呢？」

梁子玨拄著下頷認真思考，然而不待他說出答案，戚長君已面色微肅，淡道：「他不認同我的信念，或者我承認的人。」

「對。」雲琈脣邊笑意深了一層。「但是伏義死了、兩位前輩毫無蹤跡……『認同的人』這條件就不成立了，剩下的，只剩『認同的信念』或者『信物』。」

雲琈道：「吳尚書鐵定知道什麼，而這個訊息，對想殺了他的人來說很重要、可能是想要遮掩真相……他大概尚不及對外傳信就被人滅口，這條線索算是斷在這兒了。但尋著犯人找上去，必能捉到幕後之人。」雲琈撐著下顎，指尖敲了敲自己鬢邊，神情專注，姿態卻有些慵懶。

梁子玨忽而道：「妳有意無意地想讓我們將穆陀視作幕後之人，有何居心？難道想挑撥穆盟主對朝廷的忠心？」

「梁大人不妨仔細想想，要是這假設成立，穆陀難道不是最大得利者嗎？」雲琈依舊笑著，語氣有幾分輕佻，但戚長君在她幾不可察的輕鬆裡，看見了一絲傷鬱痛恨。

梁子玨霎時失語。

戚長君心神一動。「所以，妳相信血麒麟仍在博通塔內？」

「是。」雲琈應道，這一聲，咬得略重。

梁子玨皺眉。「可血麒麟在宮中藏寶閣裡有確實錄冊，要是仍在九重博通塔，也就是說……大內的血麒麟，一直就是假的？」

戚長君頷首。「若這項推論成立，便是如此。」

梁子玨瞠目。

偏生雲琈仍不嫌事大的安慰兼補充：「假的血麒麟又怎樣，反正能使用血麒麟、被它承認的人已經死了，毫無作用的狀況下，真假又有什麼不同？是真是假又重要嗎？」

梁子玨：「……」

雖然是這個道理，但妳能不要說破嗎？

七章

十六遠遠瞧見雲琈和十三進了後院，直接施了輕功過來。

他笑嘻嘻地朝兩人行禮。「大師姊、十三師兄。」

雲琈睞了他一眼，輕應了一聲，轉頭對十三道：「你去找二師兄，把你在吳尚書身上驗到的東西跟他說，晚些我再過去。」

「師姊，四師兄有消息了。」十六自覺地跟在她後面。「兩位守塔前輩曾在連江附近出沒，我們派人去追，不過兩位前輩出城後分兩路走……底下的人沒跟緊，丟了。」

雲琈哼了聲，沒有說話，十六便繼續道：「師兄說他會繼續找，另外，師姊之前交代的無生門一事……」

「死了？」她眉心淺顰。

「活著，不過受傷頗重。六師姊幸不辱命，將他帶回來了，這會兒還在半道之上，待回來時，應能問上幾句話。」

雲琈的背影不同閨閣女子的娉婷嬝然，她的步伐穩健俐落而大氣。

「嗯。」雲琈聞言心中一鬆，下一瞬卻又有暗湧翻騰於胸。

十六：「雖無生門擅毒，但江湖門中使毒的門派不少，師姊怎就不懷疑其他門派？況且無生門一向自豪：『無生門中只死無生』，貴人此次獲救，對他們而言不等於顏面掃地嗎？」

雲琈瞇起眼，腳下不停，速度卻慢了些，似乎想到別的事。「使毒的不少沒錯，但『龜涎』卻只有無生門才有。他們的鎮派之毒有多厲害，你應該知道吧？」

十六瞠大眼，後知後覺地道：「原來是『龜涎』！怪不得師姊讓十三、十四去……」

「知道的多了對你沒好處。」雲琈瞪師弟一眼，沒好氣地說：「就你這管不牢的嘴，讓你知曉還得了。」

十六覺得委屈。

「退下吧，讓小六務必把人帶回來，順道點幾個人去幫忙。那個無生門人……」

雲琈默默斂下眼簾，止住後話。

十六默記她的指令，見她欲言又止不免覺得有幾分新奇。師姊交代公事一向乾淨俐落，鮮少有這樣吞吐的時候。

察覺到師弟打量的催促目光，她捏住了後話，擺擺手。

「沒事，你退下吧，給你六師姊送信去，她知道接下來該怎麼做。」

「……哦。」十六乖乖地轉身走了。

雲琈一人站在曲橋上，似在看底下悠游的魚兒，但進她眼裡的不是魚兒的模樣——而是滿眼的血。

湖面起風漾出漣漪，她雙手交疊在腹前，指尖掐著指尖，不覺力道更重，掐得一片青白，但雪青色的袖口蓋住了手，讓人瞧不真切。

父親，我若能屠盡無生門滿門，你英靈在上，可否安息？

或是，會怨阿琈連無辜也不放過？只為了替你爭那一份公道。

不想染血腥，終究還是沾了滿手的血……父親，你說得對，江湖就沒有一刻是平靜的。

但你終究會原諒阿琈的，對不對？

◆ ◆

月夜星稀。

曠野之中，三匹駿馬奔馳，被月色拖出長長的影子。急促的馬蹄聲不停，隨著揚鞭而起的清脆，昭示趕馬人的著急。

沅湖湖面波瀾不興，倒映天邊月影；兩旁樹林茂密，黑影相疊，暗藏著危險肅殺。

雲琈扯住轠繩急停，馬兒嘶叫著拉高前蹄，她身後的兩人跟她一起停下了馬。下一瞬，她抽出腰間軟鞭，咻的一聲甩了出去！

兩支銀鏢甩下——

「師姊！」

「阿琈！」

鞭響撕裂空氣中的靜謐，雲琈的身子亦隨之落地，眸光鎖定右側斜前，徐徐挑起一抹笑意。

「不過一個如意鎖，竟能勞您大駕，小女子真是受寵若驚。」豔若牡丹的顏龐一笑，再托以月華一襯，清媚絕豔。

「原話奉還……不過一個如意鎖，竟勞動千面盜仙親自護送……可就算妳親來也無用！博通塔之物，怎能淪落妳手？」

話落，一道身影閃現而至。

不同雲琈為方便而著全黑，來人一襲白衣在月色下甚為惹眼，銀粉加身，讓她飄然如仙。

比起雲琈的巧笑倩兮，眼前的女子板著冷顏，雖臉龐清麗，卻讓人覺著不好親近。

「那真不巧，梁君閣受了案主所託，就要這如意鳳鎖——前輩若要，只能與小女子一爭了。」本還勾著盈盈的笑，下一刻長鞭出其不意刷了過去。

對方顯然早有防備，身手敏捷地閃過。

白衣女子玉手一張，四支銀鏢在她手中蓄勢待發，眼中風雪比方才更勝一籌，殺意已現。

雲琈朝身後的兩人示意，他們只對看一眼就欲調轉方向，駕馬往前，但既然受命將他們攔在這裡，來人自然早有布置。

「現！」白衣女子字落，方才隱身在周遭的十個暗衛全都現出身形，俱是備戰狀態。

雲琈幾不可見地擰眉，啟脣道：「好大陣仗……如此款待，奴家就算承不起也得受了呀。」輕佻的語調，媚人的神態，手腕欲轉不翻，那條軟鞭似黑蛇般匍匐，恭候在側，等著隨時上前咬人。

雲琈身後的小三、小八皆翻身下馬，抽出腰間長劍。

「下來做什麼？都給我上馬去。」雲琈眼色又暗幾分，眸心隱匿的殺氣逐漸遮掩不住。

小三錯愕地瞪著她，明白師姊是想憑一己之力攔住人。「阿琈，光擋下她一人就很吃力了，妳別妄想一人獨擋。」

小八也跟著附和：「就是，師姊太胡來了，忘了出門前二師兄的叮嚀了？」若能循線追到如意龍鎖最好，但要是追不到，也莫要勉強，小心為上！

雲琈暗自一嘆，緊繃的身子放軟了些。「知道了……那你兩人以一敵三可否？」

小三和小八相視一眼，有些不滿這般分配。

小三道：「我可和小八以一敵五，妳一人打五個太多了。」

「那就以一敵四。」雲琈不聽，右臂橫豎一揚，把地上塵土掀成了一道沙幕，不過片刻，她的身影已經不見。

「阿琈！」

小三咬牙，提劍追了上去，小八也不落人後，上前一道劍氣，把一團敵人劃成兩半，霎時一場混戰開打。

劍氣揮灑、塵揚瀰漫，糾纏不過一瞬，雙方打得難分難捨，眨眼間血腥氣味、兵戈相擊便已相互交雜，不絕於耳。

「妳對上我一人已不容易，居然還想以一敵三……勇氣可嘉。」白衣女子話還未落，銀鏢盡脫她手。

四支銀鏢割開周身，帶出一道磅礴氣旋，將擋在旁邊的東西全部彈開。

雲琈一鞭格開銀刃，然氣旋環繞之下，刀不過是被撞歪軌跡，鏢刃仍筆直朝她襲去。她輕巧下腰一避，長鞭一甩一捲，拉住了銀鏢後端，將它狠狠摔回白衣女子面前。

白衣女子輕鬆側過身子，清麗的眼眉染著矜傲，用略帶睥睨的眼光看她。

戰鬥聲仍不停，空氣中的血氣也越發重了。

兩組人馬實力在伯仲之間，誰也討不了好，十幾招對陣後，大家都受了點傷，可鞭響不止，反而有加快之勢，白衣女子及其暗衛居然逐漸不敵。

雲琈身法本就難以捉摸，速度之疾令人眼花繚亂，再加上她軟鞭舞動飛快，與她如同一體，一分二、二合一，縱使白衣女子出手揚刃的手法亦不差，一時之間也難動她分毫。

半刻之後，那兩名暗衛已被她打趴在地。

白衣女子微蹙眉，當即斂了神色。「雲琈，勸妳別仗著自身內息渾厚毫無顧忌……一旦內力潰堤，妳一直壓著的毒便要走遍筋脈，對妳有害無益——只要妳不再追查下去，我可以做主放了你們，甚至給妳解藥。」

「……痴心妄想！」雲琈怒瞋對方一眼，壓下心尖無端冒出的躁怒，一聲鞭響再次掀起煙塵，她隨即施展輕功移到白衣女子面前，一把掐住對方的咽喉。

「眼下，誰放了誰還不一定，嗯？」

明明只要雲琈再用上三分力就能掐斷她的頸骨，但白衣女子毫不畏懼，反而居高臨下地俯瞰她。

「妳要這鎖，無非是想尋得真相。可當年之事已成定局，就算妳湊齊了鑰匙也於事無補，徒增殺戮而已……況且，如今還有兩位前輩下落不明——梁君闍十多年來不插手武林派系之爭，現在卻要在這件事上死磕到底嗎？」

雲琈手中力道不減反增。「爾等能背信忘義、見死不救，但我無法。妳一門也曾受過伏氏恩情，他背上如此罵名慘死……爾等只願苟活，我不便多議，但若要制止我為他討公道——」

白衣女子挑眉，垂在袖內的右手手指悄悄一張，五支銀鏢落手。

「妳待如何？」

「人、擋、殺、人！」她一字一字道。

聞言，白衣女子執著銀鏢的右臂猛地一抬，在她削斷雲琈的手之前，雲琈竟旋身用巧勁避過了！

白衣女子一個俐落的後空翻安然落地，神色複雜地瞥了眸色凌厲的雲琈一眼。

「……倒有幾分血性。」她諷笑一聲。「此時妳難道不覺體內怒氣翻騰，幾乎控制不了嗎？」

「連江佛寺那次伏擊的手筆，果然是你們。」雲琈冷笑。「毒都下了，這時惺惺作態給誰看呢？」

白衣女子也不反駁。「放棄鑰匙、放棄開博通塔，我給妳解藥。」

雲琈心念一動，冷冷一嗤：「等開了塔取得血麒麟，我便可替自己解毒，又何必冒風險去試這不知真假的解藥？」

白衣女子不禁嘲笑她的天真：「血麒麟早被獻入宮，而現在……它更是從皇宮消失無蹤。真要等血麒麟救命，只怕妳時間不夠！更別提血麒麟這等神物怎能為妳一介盜賊所用！」

「不勞前輩費心。」雲琈輕笑出聲，極豔的眼眉在月光下近似女妖。「只是……前輩真的清楚……自己在做什麼嗎？」

白衣女子皺眉，語氣不善：「什麼意思？」

「當年穆陀為奪血麒麟，不惜誣陷伏氏，讓武林中人對伏氏窮追不捨，更連累數十人為他私心陪葬——他心思齷齪，怎可能得到血麒麟的傳承？這樣的人，你們玉虛宮也甘願為他驅使？難道忘了妳一門之衰敗，亦是他一手造成——若不是當年他不分敵我、對無辜百姓也下毒手，玉虛宮宮主血脈，又怎會斷在這裡——」

「……閉嘴！」白衣女子雙手同舉，薄如蟬翼的十支銀鏢刷刷兩聲連番射出！

雲琈方才動了內息，現下只能忍住翻湧氣血揮鞭，然銀鏢雖薄，刀鋒更利，軟鞭竟被銀鏢削成了好幾段！

「當初我們雖受伏氏之恩，可後來我們也受他所累，如今恩怨兩清，各不相干！」

「哈哈哈……」雲琤聞言，本來是輕笑，而後竟真的大笑了起來，更誇張到笑彎了腰。

她眸光裡的情緒有憐憫、有痛心，更有嘲諷。「好一個我們也受他所累……前輩，妳要緊記妳今日所言——恩怨兩清，各不相干。」

「妳！」白衣女子見她失態，心裡隱約感覺不對。

夜幕中出現一抹白光信號，在場所有人皆注意到了。

白衣女子臉上瞬間閃過一抹喜色。

龍鳳雙鎖互有感應，要找到龍鎖，就要先拿到鳳鎖，正好玉虛宮手中有龍鎖，又得到梁君閣少閣主要搜尋龍鎖的消息——她賭雲琤會用障眼法將鳳鎖交給其他梁君閣弟子護送，但她可沒那麼輕狂，會不做兩手準備。

不管真的鳳鎖是在雲琤身上還是其他梁君閣弟子身上，奪了就是！

一旦賭中了，取得雙鎖就等同拿到鑰匙！

於是，她在這裡攔截雲琤，另一邊截路的，是玉虛宮內跟她同級別的尊者——萬無一失！

雲琤臉色一冷，朝她道：「如意鳳鎖可以給妳帶走覆命，但終有一日妳會拿著龍鳳鎖回來——」說到此處，她掀脣再笑，眼眉的笑意讓人心發寒：「求我梁君閣。」

這句話著實太過狂妄，白衣女子皺眉。分明是她輸了龍鳳雙鎖，為何此刻還用勝利者的姿態？

雲琈只淡道：「我等著那一天。」

白衣女子振袖一揮，地上倒臥著的暗衛手腳不穩地互相扶持站起，小三一身是血地坐在地上，小八也沒好到哪去，趴在地上喘息——眼下還站著的，只剩雲琈與白衣女子兩人。

「雲琈，別忘了妳的命還捏在我們手裡！」擠了半天，竟然只有這句狠話能撂，白衣女子顯然很氣惱，但他們此行本就是想拿走如意鳳鎖而已，現下東西到手又傷了人，也沒必要久留了。

白衣女子領人要走，豈料腳邊被人射了三支羽箭擋住了路，她擰眉正要喝斥雲琈偷襲，破空聲卻再次傳來！

她急閃，躲過削過她頰畔、腰際、腿側的羽箭。

三道血痕立現。

「誰！」白衣女子連忙將視線轉向羽箭飛射之處。

月光銀華之下，一頎長身影從前方駕馬而來，在雲琈身側不遠處翻身下馬；來人見了雲琈渾身狼狽的模樣，眉頭立刻蹙起。

白衣女子震愕地瞪著眼前的人。

朦朧的月光映照得景色十分溫柔，連眼前那傳言高傲、難以親近的男子，在這一刻看起來也那麼不高高在上了。

俊美無匹的容顏在銀輝之下，寧靜和美。

「還請閣下交出解藥。」戚長君執起弓，箭已在弦上。

白衣女子抿緊唇，戒備地盯著他的舉動。

……什麼寧靜和美，都是騙人的。此時他眼中的殺意一分不掩，淡然近乎冷酷，凜冽凍人血骨。

他眸中的寒意凍住她的步伐——她居然連移動一步都做不到——心中驚恐萬分，白衣女子又咬住了牙關，握緊拳，指尖在袖裡顫抖。

雲琈臉色漸白，呼吸也趨弱——她傷到內裡了。

這個認知讓戚長君蹙起眉，胸口升起煩躁惱意。

雲琈正百般掙扎，戚長君已失了耐性，手指一鬆，三箭齊發，射穿她身旁暗衛三人的胸口，透骨而出，悶哼甚至來不及響起，三人已沒氣息。

百步穿楊時仍能三箭齊發，快得只能追上箭影，又面若好女……白衣女子猜出來者身分，傳說中的「見影穿楊」戚……她面色立刻發青。

她忍著顫抖的手，從懷中摸出瓷瓶，將瓶子丟過去。

「解藥在此，還請……閣下放行。」

戚長君接過瓶子，側首瞥了雲琈一眼，詢問她的意思，見她點頭，他才收了弓箭。

「走吧。」

白衣女子領著一群暗衛，頭也不回地走了。

萬籟俱寂的曠野之中，只有他們幾人，皆是傷兵。

待玉虛宮的人遠離後，雲琈再撐不住身子，雙膝軟了下去，被戚長君一手托住，徐緩地坐在地上。

她背骨瞬間繃緊，緩緩鬆開，終是在他懷中棲停。「……小女子無事。只戚君一人過來？」

他答：「十五和十六在後面，還有梁大人也來了。」

戚長君單膝跪地，攬住她的肩後咬開瓶塞將解藥倒出來給她。

「先吃解藥。」待她嚥下之後，他又問：「他們也中毒了嗎？」

雲琈抬眼，小三和小八一個坐著一個趴著，皆驚恐地瞠著大眼，不敢置信地看著兩人的互動。

雲琈挑了挑眉，咳了一聲，兩人立即回神。

「沒、沒沒沒事兒——」小三說得太急，還噎了口氣，不由猛咳好幾聲，胸肺痛楚難當，男兒淚掛在眼角。

小八同情地覷了小三一眼，怯然道：「多謝將軍關懷……但我倆只是皮肉傷。」大師姊在前，誰敢讓將軍多問候一句啊……

不愧是自己帶出來的，個個都知情識趣——雲琈表示滿意。內傷有些重，看來得養個十天半月了……她暗嘆。
戚長君嗯了一聲，聽到馬蹄聲才轉首去看，十五和十六趕來，不一會兩人翻身下馬，來到雲琈面前。
更後方跟著的梁子珏在馬上環顧四周，凌亂的現場，不難看出方才經過怎樣的激鬥。
「師姊，我們沒能搶下龍鎖，鳳鎖又被他們所奪……」十五單膝跪下，頭也未抬，似乎為了未能完成護好寶物的任務而愧疚沮喪。
雲琈頷首。「沒事，他們有備而來，追丟了不怪你們。」
「師姊妳的鞭子！」十六查看完小三和小八的傷勢，正要跟她商量如何將兩位師兄抬回去，就見地上有幾截眼熟的「屍體」。
雲琈眼簾掀了掀，彷彿倦極。「壞了就壞了，不是什麼大事。」她在戚長君的攙扶下起身，退了幾步朝他拱手一禮。
「謝戚君相救。」
「不礙。」戚長君微擰眉，說不上為何不喜她這番見外。「方才那是？」
雲琈將地上殘敗的軟鞭拾起。「此事說來話長……今晚事有些多，若戚君不急，明日小女子在梁君閣相候。」
戚長君頷首，瞥向她的眼色裡有極淺的擔憂。「明日一早我就上梁君閣，妳好生歇息。」

雲琈微一愣，輕點頭。

「……好。」她朝身後幾人示意，翻身上馬。

「不用送了，戚君快些回去歇息吧。」她叮嚀一句，隨後駕馬離去，一群人揚起塵沙。

「看什麼呢？」待幾人走遠，梁子玨才下馬，陪他一起望著遠去的梁君閣眾人。

戚長君撇過頭盯了他一會，搖頭。「無事。」

「少來。看著她的背影依依不捨的，說沒事我才不信。」

戚長君問：「有事你想如何？」

梁子玨回：「……」他好像也不能如何。可惡！

「不過……龍、鳳鎖皆丟失，接下來他們要找齊鑰匙，只會越來越難。」

戚長君道：「……未必。她也不是個簡單的主。你不是想託她找人嗎？明日說話小心些。」

梁子玨：「……」他還沒確定的事，他怎麼就說得斬釘截鐵、勢在必行了？

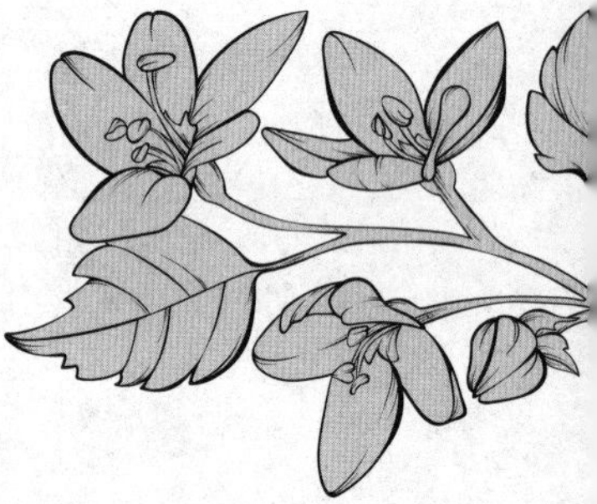

八章

夜幕沉沉，雲琈和眾人回到梁君閣後院時燈火已通明。

走在前頭的雲琈一踏進廳內，隨即拉開披風，信手扔在一旁的扶手上。

二師兄已坐在主位另一側，待她落座，熱茶也滿上遞了過去。

「如何？」

十六拐彎去叫十三，小三、小八、十五先後坐下。

「同玉虛宮打了一架。」雲琈沒接茶，將殘破的軟鞭放在小几上。「動了真格，修一下。」

二師兄：「……」這東一段、西一段的，還真是悽慘。「對上霜雪銀鏢了？」

「嗯。」雲琈應了聲，頗為疲憊地拉了拉腰後軟枕，往後躺下閉上了眼。「玉虛宮果真已效忠於他，龍鎖在他們那裡，如意鳳鎖也被他們劫走……」

眾人俱是一驚，唯有十五鎮定地接過雲琈的話：「師姊之前已猜到真相，這次是故意讓我們走漏消息的。傳聞龍、鳳鎖相近時，會自動貼合成一個太極圓形，對方一取到我們的鳳鎖，我們就確認他們的龍鎖是真的了。」

二師兄一默，轉頭問一臉疲態的雲琈：「妳把第二層的雙鎖給了玉虛宮，接下來什麼打算？第三層的鑰匙一直不知所蹤，第六層的人前幾日也不知下落……撇開這幾個，四、五、七層的守塔人，都不知是誰的人。」

雲琈沒有回答，只維持閉目養神的姿態喃語：「……就算知曉是穆陀一手造成玉虛宮血脈斷絕，玉虛宮仍選擇支持他……沒道理啊，難道玉虛宮有求於他？或者，有把柄落在穆陀手上，被他所迫？」

二師兄：「……」所以妳剛剛都沒在聽我說話嗎？

但雲琈沒理，滿堂也無人敢出聲。

思緒奔騰間，雲琈耳朵已先聽到十三的腳步聲，對他招手。「十三，來替師姊瞧一會，胸疼。」

十三聞言，闊步走了過去，自然地托住她的手替她把脈。

終於，沉靜了許久的雲琈開口：「繼續跟著守護八、九層樓的兩位前輩，最好能將他們逼到深山野林，再將我們的目的『不經意』地洩漏出去，讓他主動來找我們……至於四、五、七層是哪邊的人，叫小七去查一下，不過這麼久都沒動靜，估計是敵人。」

雲琈睜開眼，轉向低頭忖度的二師兄。「小二，去查查玉虛宮怎麼回事。他們不知血麒麟下落還能為穆陀賣命，若不是穆陀許諾他們好處，就是玉虛宮如今可能也需要血麒麟，可是血麒麟需要傳承才可驅動，莫非玉虛宮有辦法破了這個規則？」

雲琈說到最後卻叨唸起來，二師兄一臉無奈，只好問：「血麒麟的下落還未被證實，妳就這樣篤定東西在塔裡？」

雲琈轉開眼，悶悶地咳了聲，不知想到什麼，眼光瞬時晦暗。

「父親親口說的，還有錯嗎。」她嗓音低啞，含著幾縷辨不明的情緒，落了一片靜寂。

二師兄看氣氛凝重，朝底下坐著的其他人道：「你們先回去吧，我和大師姊商量完後再派任務。」

待滿室只剩三人，十三拿過帶來的醫箱打開，抽出銀針替雲琈扎穴。

「殺害吳尚書的人，像畫出來了嗎？」雲琈揉了揉太陽穴，狀似漫不經心地問了一句。

「哪能這麼快！吳尚書昨晚被殺，今午十三才給我凶手線索，現在就畫完？妳未免也太高看我了，何況都已經多久沒有那傢伙的消息了……」二師兄沒好氣地道。

「喔。」雲琈淡瞥他一眼，又道：「明日戚君估計會和京兆尹一道來，咱們又多一個幫手了。但要給幫手看到咱們的誠意，你可得快點把凶手給畫出來呀。」

二師兄很狐疑。「……皇上扔個京兆尹過來，確定不是給咱們添亂的？」

雲琈笑出聲：「我那些案子，得皇上好心，讓京兆尹暫且壓下，不發作了。」

二師兄答：「也只能這樣，不然這合作鐵定要吹。」

本安靜扎針的十三在這時補上一句：「師姊對戚君有恩，戚君必不會坐視不理。」

雲琈勾唇一笑，抬手撫上他後頸摸了摸。「真是師姊的小十三。」

十三面不改色地嗯了一聲，然後面無表情地說：「那師姊得乖乖聽話，接下來一個月的時間，不能動武了。上次中毒，內腑本就有傷，毒素還未清又大動內息，再亂來可得把命折騰沒了。」

雲琈：「……」

二師兄不厚道地大笑。

翌日一早，簡單地用完早膳後，雲琈便坐回長榻喝藥。二師兄將昨晚深夜裡送到的消息一一揀出來，連同凶手畫像，一起擱在她手邊。

雲琈指尖撥了撥卷軸，挑眉看著小二，表情明顯在說：嗯？不是說時間太短畫不出來嗎？你看，逼一下不就畫出來了？

小二氣得要拿卷軸丟她。「還不是熬夜沒睡給妳趕出來的！沒見著我眼下的烏青嗎！」

雲琈笑歪了腰，伸手敷衍地拍了拍他的背給他順氣，安撫他。

小二不想理她，拍開她的手後繼續說正事：「小六說明日就能到，那名無生門人到後，直接給十三？」

她拿起手邊那一疊東西，一目十行閱畢後，又隨手扔在小几上。「先把人給十三，看能否從他嘴裡撬出『玄武』的消息，若不得……便將此人交給戚君吧。他對太后下毒，估計天子心中怨怒頗深，恰好賣一個人情。」

二師兄聞言，對她為戚長君這般籌謀感到無奈，滿腹難言情緒最後化作一聲沉嘆：「說是賣天子人情，但妳分明是要給戚長君立功，讓他更得聖心！阿琈，妳說妳暗地裡為他謀算這樣多，可半點也不教對方知道，為的是什麼啊？值嗎？」

雲琈輕笑一聲，難得善心大發地回答他：「小二，你沒有遇到這樣的人，所以你不明白。這世界上總有一個人的存在是特別的，無人可與他比擬，是你心之所向、命之所護——戚君他，對我而言就是這樣的人。」

「我兒時與你父親一起顛沛流離，荒地屍堆一一踏過，可我不覺得苦，因為有他陪著我，我很安心。後來義父毒發，性命垂危教我日夜憂怕，是戚君給了我希望和喜悅——雖然，義父最後慘遭毒手，可我依舊感激戚君那時的解囊。若是那時，義父知道義母腹中已有了你……或許拚了命也會撐住。後來，我因賣身險些喪命，又是他救我、給我一線生機，雖然後來你和義母及時出現了，但若非戚君出手，你們大抵也只能撿了我的屍首——我接連兩次受他所救……你不明白，對當時的我而言，他不僅是恩人，亦是阻止我跌入泥沼的光啊。」

二師兄不曾聽過她這樣的坦白，一時沒有說話，或者，被震撼到無話可說。

他一直曉得戚長君在阿琈心中很重，卻不知是這樣的重量——竟是她此生心之所向、命之所護。

一室驟然寂靜，門外侍婢通傳消息，說戚長君和梁子玨前來拜訪。

雲琈吩咐婢女將人帶去天字一號房，自己慢悠悠地起身。「好了，我去會一會戚君，說不準能得到些消息。小二，我拱手讓出如意鳳鎖，可不是要任人宰割的。要策反玉虛宮，還得靠你的消息呀。」

「……得了吧，誰宰割得了妳？」二師兄忍不住睨她一眼，一副少在那胡言亂語的神情。
歡悅的咯咯笑聲響起——「戚君呀！我就任戚君宰割。」
說完，雲玗步伐翩然地走出大廳。
二師兄沉默。
要有那個膽子，妳就在戚長君面前說！說給我們聽算怎麼回事？哼！

◆ ◆

天字一號房內，茶香輕漫，三人圍桌而坐。
雲玗將昨晚之事道畢後，接著說：「暫不論龍、鳳鎖，先說吳尚書一事。不知梁大人對此有何見解？」
梁子玨本想端著官威，但想到昨晚戚長君的提醒，便又作罷。「雖不想承認，但按我與長君之分析，確不是妳所為。那日是我心急，誤會了妳。」
得到想討的道歉，雲玗勾脣一笑。
梁子玨不明，但戚長君好似懂她，微扯脣算是回應。
「以下的對話建立在梁大人信任梁君閣的追查之上，若梁大人不信，那我們也只能到此為止了。」雲玗從袖中掏出一幅畫像攤開。「吳尚書的死因，乍看是臟腑受外力震碎而死，實是先中毒而亡。胸上的鞭痕不過是掩飾，且鞭痕與小女子慣用的鞭子也不同，大人有疑的話，盡可查驗。」

梁子玨沒有說話，戚長君則是端著茶盞，似啜未飲。

雲琈鎮定自若地續道：「吳尚書身上之所以沒有反抗的痕跡，乃是因此毒毒發時，驟然閉絕他心脈所致。心脈一絕，氣息皆無，自是任著上門之人拿捏了。而這凶手行凶後又嫁禍於小女子——就是此事全貌。」

「妳說凶手即是畫中人，有何根據？」梁子玨仔細地瞅著圖上的人像，有些好奇是出自何人手筆，畫得如此維妙維肖……

「確切來說，凶手不只一人。但只知毒出自何處，不知何人所下，暫時無法追究。咱們先來說畫像之人——」話鋒一轉，她又回到桌上的畫像上。「此人名為陳輝，說來也是奇人。先不說他精通數十種兵器，光說他能模仿他人招式至八分相似，已足可令人忌憚生畏。若此人光風霽月倒也罷了，偏他好劍走偏鋒……雖對武學有所追求，但不顧倫理道義。熱愛蒐集各門獨派的武學祕笈，只要能得到祕笈，不論什麼都能與之交換。但此次，應是受人指使，前來殺了吳尚書並嫁禍於小女子。」

梁子玨瞇起眼。「那妳如何確定是這人？江湖中使鞭之人不在少數，或許有人假冒他、再嫁禍於他，就跟嫁禍妳一樣。」

戚長君淡道：「勁道。」

短短二字，算是替雲琈回答。

「正是。」雲琈掀脣一笑，看向戚長君的眼中粲然乍現。

「如同寫字一般，總會有那麼幾字的筆鋒在細節處有破綻可循。恰好，陳輝的手之前曾受過重傷，於力道的拿捏，自然不可與往日相比……這力道差之微毫，仵作看不出來是正常的。也是因為有十三，我們才能如此篤定。」

梁子玨聞言，堵塞的心情總算好了。

雲琈又補充：「當然，沒有證據、不得他親口承認，這些只是臆測……但我有九成把握是他。」

「現下打算如何？」戚長君放下杯盞，終是在沉默許久後說話了。

「等。」雲琈拿過一旁的茶盞捧在手中，掀蓋後呷了口。「陳輝的動靜除了我們之外，還有人在追，渾水摸魚比較好下手。先別論陳輝在江湖中仇家不少，就憑他做了這事，指使他的人為了隱藏自己，必會藉他人之手滅口。」

戚長君眉間一動，幾不可察地低吟：「妳想抓他身後之人？」

「是。」她笑，笑中嘲諷甚顯。

戚長君嗯了聲，沒有再說話。

面對這兩人若有似無的默契，梁子玨感覺有些奇怪。什麼時候，長君也會和女子眉來眼去了？

「但有件事，想麻煩戚君和梁大人。」

「何事？」

「早上剛到的消息，有血麒麟的下落了……其實我們目前正在追第六層的守塔人，不確定他現狀如何。」雲琈有些擔憂。「傳聞第六層守塔人與鑰匙同為一體，人歿時鑰匙若沒移轉，鑰匙也會一同毀去。除了宛縣，清縣、昌縣、隆城也曾傳出他出沒的消息，請兩位通知管轄內的官兵留意。」

九重博通塔和血麒麟間的關聯，戚長君已與梁子玨說過，他立刻理解這舉措的必要，很爽快地應：「好！」

「需要他們喬裝嗎？」戚長君沉忖一會後問。

雲琈一愣，當即又拉開一抹笑弧。「若是方便，要的。」

戚長君輕笑一聲。「沒有什麼不方便的，一句話的事。能不打草驚蛇才最重要。」

「那便麻煩戚君了。」

「不麻煩。」戚長君起身，話談至此，該說的也說完了。「那我們就先告辭了。」

梁子玨亦跟著起身。

「勞煩戚君和梁大人了。」雲琈打開房中的隱道，領兩人進去。「若有消息，戚君可讓人往梁君閣送來，小女子今晚便要動身往宛縣。」

戚長君眉尖微動，問話自然地出口：「前輩人在宛縣？」

「不確定。得親自去看看。」隱道兩旁點有燭火，但即是如此，她的神色也晦暗難見。「前幾年鑰匙一直難有動靜，而自第一把鑰匙出現後，其餘的鑰匙亦如雨後春筍，接二連三的冒出來……現在不追，怕之後更難尋。十七既在那處，我便先往宛縣過去。」

戚長君擰眉又復鬆開。「環環相扣，必然有詐。」

她似漫不經心地輕應了聲，路到盡頭，扭了機關開門。「有些人，不怕他動，就怕他不動。」

——那個人蟄伏太久，好不容易願意動手，自然要跟他過過招。

話下之意，戚長君聽懂了。

「我與妳同往。」

門打開，外頭的光照了進來，映亮她容顏上的愕然。

◆◆

兩日後，三人到達宛縣。

宛縣如江南水鄉，撲面而來溫潤的煙雨氣息，滿目皆是詩情畫意的味道，雲琈一入宛縣，便先領戚長君和梁子玨到宛縣的梁君閣去。

梁子玨瞪著頭上那塊牌匾，似是沒想過梁君閣生意居然這般大，宛縣也有分舵……

雲琈曉他所思何事，笑道：「大人知道了這處，可得手下留情呀。左右我梁君閣也就幾處，若大人各地都派人守株待兔，小女子還真逃不出大人的手掌心。」話畢，也不等他回話，率先走進去。

許是收到消息，掌櫃一見來人就連忙靠上前，在雲琈點頭示意下，將三人領往樓上廂房。

「雲大人。」關上門後，掌櫃朝雲琈一禮。

雲琈淡應一聲，簡單介紹身旁的兩人：「這位是定北將軍，戚長君；這是京兆尹梁大人。此次兩位受皇命，協助我等尋血麒麟；戚君持我金令，爾等亦受戚君差遣。因是私下密令，稱公子便可。」

「小人見過戚公子、梁公子。」

掌櫃絲毫不覺奇異，少閣主的話一向是金科玉律，只恭敬地朝兩人抱拳行禮。

介紹完了，雲琈示意兩人先喝茶，毫不拖泥帶水地轉而問起掌櫃話：「人還盯著嗎？」

「還盯著。那位前輩戒心頗重，尚不能確定他是否為第六層守塔人。」

「十七親自盯著？」

梁子玨捧起早已備好的茶喝了起來。這兩天他們日夜趕路，硬是把四日的路程走成兩日，星夜兼程又餐風露宿……他向來在京中養尊處優，還真不能和長年待在軍中的戚長君比。

這一到宛縣，他繃緊的身軀，就迫不及待想要放鬆了。

戚長君依舊不疾不徐的，看似跟著放鬆品茶，但梁子玨很清楚，他的目光從未停止不著痕跡的打量。

「是，我們派去的人當中，那位前輩更親近十七姑娘。」

雲琈頷首，從懷中掏出一張圖紙，是陳輝的肖像。「傳下去，今晚之前，要讓宛縣所有眼線記住他。陳輝殺了吳尚書，京中暫且壓下了這事，我們要趁早找到他。清縣、昌縣、隆城，我已請這兩位公子協助，但在我沒確認這位前輩身分前，不能鬆懈了。十五傍晚就到，到時你再跟他匯報一次。」

「是。」掌櫃復問：「大人要出門？」

「嗯，我去會一會那位前輩。」雲琈隨意拿起杯子，仰頭一口喝了。喝完水，她面向戚長君和梁子玨兩人，話卻對著戚長君說：「戚君，你與梁大人在此處歇會，小女子去去就回。」

戚長君卻直接起身。「我與妳前去，多一人有照應。」

雲琈是知道他脾性的，即便心中希望他留下來休息，也未再勸說，而是點了頭。

「好。」

莫名被忽略的梁子玨，一邊拿著糕點，一邊看著兩人，果斷決定把糕點一口塞進嘴裡，拎起方脫下的披風，跟上兩人離開。

◆

走出梁君閣，雲琈卻拐步往隔壁的飯館走去。「既然戚君和梁公子要一道，那就填飽了肚子再走。」

趕路的時候多是乾糧果腹，好不容易能吃頓熱湯熱飯，兩人都沒意見，一同進了飯館。

翻完菜牌、點好菜，三人在包間裡圍桌而坐，梁子玨盯了雲琈好半晌，慢吞吞地說：「……聽聞梁君閣甚是擅長尋人……若是失散多年的小女孩、沒有特殊表徵，也能尋到人嗎？」

雲琈一愣，似乎是意外梁子玨這樣低聲下氣，甚至有些小心討好的模樣。

「梁公子要尋誰？沒有特殊表徵，就只能從失蹤地點、時間去推算……雖費力些，但不是做不到。」

談話間，她不動聲色地瞥了戚長君一眼，欲從他神色窺得一絲線索。

梁子玨卻直言：「是我妹妹。」

此話一出，戚長君端著茶盞的指尖，微微動了下。

雲琈不解地挑眉。「梁公子的妹妹，不是好好的待在府中？」

梁子玨一嘆，一會才幽幽地道：「不是小妹珮兒。是……珮兒的姊姊，梁子鈺。」

梁府有兩位千金的事不是祕密，京城人家皆知。而梁府對二小姐多加寵愛保護，泰半原因是與這位大小姐有關。

她只是好奇，人都失去蹤跡好幾年了，現在才要找？

梁子玨又言：「十八年前，家母帶著妹妹去安業寺上香，不料途中遇到盜匪，將我妹妹劫走，至此下落不明。我母親終日鬱鬱，後來雖又得了珮兒，可鈺兒始終是她的心病。之前長君與我說過妳的仗義，再加上這幾日我亦見識到了梁君閣的手腕……思來想去，還是想請妳幫這個忙。」說罷，忽然想起之前在大庭廣眾下，他硬要將她上鐐銬送進大牢的事，心中更是忐忑後悔，生怕因為這樣對方會袖手不管。

「之前有得罪的地方，願與妳賠罪，希望妳能不計前嫌，幫我。」怕她拒絕，梁子玨起身朝她行禮道歉。

雲琈勾唇一笑，倒沒有為難他，直接點頭答應。「本就是兩碼子事，怎能相提並論。梁君閣自然可替梁大人找人，便勞煩你再與小女子說詳細些，回頭小女子派人去找。只是……為何如今才要找呢？」

梁子玨下顎繃緊，半晌才道：「……已經找很多年了。只是當年……無一不是說她已死了。」

她的眼眸閃過一抹複雜，面上略有疑惑。「既然已死，為何還要找？」

「雖說已死，但這麼多年都沒看到屍骨遺骸……我母親不信，我也……不信！多年音訊全無，我寧願是她還安然活著，只是暫且找不到。」

不知怎地，雲琈竟覺喉頭一哽，半晌才點頭。「好，這事交給小女子吧。」

「多謝。」梁子玨這才鬆了口氣。

用完膳，離正午還有半刻，三人拎著多份打包好的飯菜，一路來到城中一隅。

越往西走，環境越不同，開始髒亂破敗。

屋舍有房頂的沒有幾間，有頂的還有幾處破洞，更有的房子沒有門窗，磚瓦縫中陰晦溼漉，空氣中隱隱飄著一縷臭酸，偶爾暗巷中還有老鼠吱吱作響。

雲琈面不改色、熟門熟路的往裡走，戚長君和梁子玨跟在身後。這樣的畫面入目，戚長君俊眉微蹙，梁子玨的臉色也很難看。

雲琈道：「這西巷內皆是孤苦伶仃的孩子，若冒犯兩位，還請包涵。」

拐過一個街口，一個八歲大的孩童穿著破舊衣衫坐在地上，身後是一座三合院，見到雲琈的瞬間，他眼睛亮出星芒。

「阿琈姊姊！」他奔到她面前一步止住，即便想上前抱住她也不敢，怕髒了她衣服，但雲琈一點也不在意，伸手摸了摸他的髮頂。

「這些東西拿去分了，你十七姊在裡面嗎？」她將東西放到孩子懷中，他小心地抱著，就怕掉地上浪費了。

「在呢，陪著叔叔。阿琈姊姊，這兩位貴人是？」揣著懷中的東西，男孩不忘瞄兩眼人高馬大的戚長君和梁子玨，眸中有好奇，但更多是戒慎。

雲琈微微一笑，簡單說了句：「是朋友，陪我過來看那位叔叔。我去看十七，你將這些分下去，不夠的話我再去買。」

「好。那我就在院子裡，姊姊需要我就喊一聲！」

「嗯，去吧。」她輕推他肩膀，孩子往前面院子跑去，邊跑邊吆喝其他孩子出來吃東西。

「這裡的孩子不是死了父母，就是生下來卻被棄之不養，還有的身有殘疾……孩子們都很辛苦，但他們不需要憐憫，個個都有骨氣，不覺得自己低人一等。」她旋身往前走。「接下來小女子一人進去，勞兩位在此處相候。」

戚長君和梁子玨對視了一眼，梁子玨開始四處走動，戚長君則在屋外守著。

十七早收到消息，一直等著雲琈過來。等看到雲琈露面時，還是不免露出歡喜的神色。前輩已睡著，她不敢驚動對方，小聲用口型喊師姊。

雲琈行至屋前，十七示意她站在原地，雲琈頷首，站在原地沒動，十七踩著小步伐到她身邊，還未走近，一縷細膩的銀絲就以極快的速度朝兩人飛來，她下意識扯過十七到她身後，抬起手臂去擋，銀絲筆直刺入她小臂中，疼痛瞬間密密麻麻傳開，雲琈微皺眉。

「師姊！」

門外的戚長君聞聲，幾個箭步來到門口，卻見十七被雲琈護在身後，她擋在身前的手臂被數條銀絲扎入。

銀絲盡頭，一名男子按著胸口坐在地上，面色略為蒼白，可雙目炯炯有神。

銀絲透明晶瑩，不細看根本看不出來，此刻是因沾了雲琈的血而顯形，空氣中頓時漫出一股血鏽味。

十七不明白這前輩怎麼會突然展開攻擊，急紅了眼。「前輩，不是都說好了嗎，你為何——」

「十七，不得無禮。」雲琈低喝。

十七一句「可是」還未出口，被這麼一斥，只能掐斷在喉口，咬著脣不說話了。

雲琈便維持著高舉手臂的姿勢與他說話。「在下梁君閣雲琈，冒犯前輩了，還請前輩息怒。」

那條銀絲上的血色，竟在說話間蔓延成了一大段，似是血液正往他那裡走。

男人動也不動，手放在胸口，好似很難受。「雲……琈？梁君閣……少閣主？」

雲琈氣息有一瞬的不穩，咬字卻很清楚。「……是。梁君閣閣主，即藥王谷少谷主雲若月，在下是她的親傳弟子。」

不只戚長君和梁子玨，連男人的眉尖也一跳。

「雲若月……」男人低聲喃喃，垂下的眼簾猛地揚起，方才灰敗的眼眸竟在剎那間綻放盛光。「雲若月既在，那、那伏義——」

不等他問出來，雲琈已先一步殘忍地否決。

「死了。」

「不可能！雲若月可是藥王谷醫術最精湛的醫師，怎麼可能救不了他！」男人無法面對事實，幾乎要崩潰。

雲琈眸中閃過一抹痛色，彷彿又親眼看見義父被糟蹋的悽慘死狀，然而對面的男人沒有察覺，反因情緒失控，指尖驟然捏緊。

銀絲瞬間一繃，纏上雲琈筋脈往外扯，痛得她當即面色發白，悶哼出聲。

「前輩！」十七驚叫，真怕他生生扯掉雲琈的手臂，可對方現在情緒不穩，又不能強行壓制他。

戚長君見她臉色越發蒼白，心尖一抽，拇指悄然推劍，鋒芒乍現，含而不發。

雲琈咬了下唇，藉此鎮住疼痛，緩著喑啞的嗓子道：「伏義是不是真的身亡，證據就在前輩手中，前輩……不若細鑑？」

男人皺眉，銀絲上的血已經蔓延到他指尖，銀絲徹底成了紅線，血絲恍若要竄進他的筋脈！他猛然一震，錯愕地瞪向雲琈。

「妳——居然、居然有……妳是伏義傳人？」話落瞬間，男人似燙了手，紅絲刷地收回。

陡然失去禁錮，雲琈也撐不住了，雙膝一軟就要跪下。

戚長君連忙扶住她，順勢跟著蹲下，將她攏在懷中。

雲琈按著戚長君手臂，臉龐發白。「前輩既然探到了，為何不信？」她玉臂橫抬，往他面前送。「不若，再試一次？」

傳聞第六層的守塔人，因為與鑰匙共為一體，有著與其他守塔人不同的天賦，能從對方的血液中感受到傳承——他的身分已不容置疑。

戚長君抬手將雲琈染上斑斑血跡的手臂抓下，放到自己腿上。「別亂動！」他方才已經看出那銀絲不是只扎進她肉裡那麼簡單，否則他早一劍斬斷。都纏著筋脈了，痛楚可想而知。

「妳……」男人咳了兩聲，才又說：「雲若月……還活著嗎？」如果不是死了，怎麼可能會救不下伏義？

「活著。沒見到仇人死，她捨不得閉眼。」雲琈喘了兩口氣，手臂發麻不能動，內力也催不上半點，半邊身子幾乎失去知覺。「既然前輩信我，也知小輩為何而來，可否跟我走？詳細情況，容我細說。」

「……好。」打量她半晌，男人終是輕應了一聲。

九章

待幾人回到梁君閣，十五和十三已到了一會兒。

見到雲琈領著人回來，十三拎著藥箱，跟十七一起扶著那前輩到後院去了。

雲琈走到長榻上坐下，吩咐十五將藥箱拿來，單手解了披風，她推開袖子，露出手臂一小塊針扎過後血跡乾涸的傷口，乍看不嚴重，但一塊傷處落在白玉般的手臂，相當刺眼。

「等會讓小神醫看看，不知傷到筋脈沒有。」戚長君微皺眉，盯著那塊傷口，心口悶疼，之前那些朦朧模糊的不確定，似乎在這一瞬間悄然落定。

雲琈朝他淺淺一笑，因臉色蒼白而顯得有些虛弱。

「沒事。」

「還是找人瞧瞧吧，女孩家的手留疤不好看。」梁子玨倒沒戚長君那樣複雜的心情，只是單純地關心。經過這些天相處，撇開千面盜仙江湖怪盜的身分，單以為人處事論，他確有幾分欣賞雲琈。

雖意外梁子玨會說這話，但雲琈還是輕聲道謝。

十五拿了藥箱、捧了清水過來，看清傷處時也不免蹙眉。

「這前輩出手也忒狠辣了……」

「為了保命而已。」她說，一點也不在意。

十五掏出藥瓶，正打算替她擦拭手臂，卻見戚長君已握住雲琈小臂，用溼帕仔細地拭淨她傷口上乾涸的血。

雲琈身子一緊，默默燒紅了耳朵骨。

「戚君……」

戚長君動作輕柔地沾點她的傷處，專注在她的傷上，恍若不覺她的困窘。

十五瞟了四周，果斷地決定把一旁的京兆尹拖走——師姊太不容易了，必須要為她製造機會！

「唔、唔唔唔——唔！」梁子玨還試圖呼叫，被十五眼明手快地按住了嘴，拖了出去。

兩人各懷心事，沒注意到屋內只剩他們。

鼻間是戚長君清冽的氣息，小臂上是他溫熱的膚觸，眼神所及，是他斂下眼眉後的俊美臉龐。

「疼嗎？」

雲琈瞧著他俊美深刻的臉龐，有些回不過神——他的臉廓，剎那與她久遠的記憶重合。

戚長君拿過小几上的藥瓶，把瓶塞拔開，小心地將藥粉撒上去，等了半晌沒有回應，他仰眸，卻撞入她略顯迷離的眼瞳。

心尖一跳。

「阿琈？」

雲琈倏地驚醒，下意識哎了聲，隨即發覺不對，一張小臉窘然彤紅。「戚、戚君方才……說了什麼？」

戚長君笑了下，嗓音柔和了些許，復問：「疼嗎？」

「不疼的。」雲琈搖首，也不知是真是假，但她面色平靜，大抵是真的不覺疼。

戚長君一默，上完藥後自然地拿過布條包紮她的傷口，布條一圈一圈繞在她小臂上——心底卻忖度她究竟是在怎樣的環境下長大？

她本人一句未言，可從她的經歷來看，卻處處教人心疼。

不是任何人皆能對扯筋動骨的疼痛一過就忘，亦不是誰都能在這個年紀便有此心計韌性——梁君閣少閣主、藥王谷少谷主的親傳弟子，這兩個身分，不是隨便什麼人都能當的。

不解他為何突然沉默，空氣中驟然靜寂，讓雲琈不由自主地喊了他一聲：「戚君？」

「嗯？」

因他一直不說話，她的眸光便追著他，現下，更與他四目相對。

雲琈眼中溫潤柔怯，水光盈盈，深處似有一捧星光——即使窘然怯極，也沒有避開，一片脈脈。

見到這樣毫無保留的眼眸，他的內心驟然受到震撼——

心悅她。

這一刻他無比確定。

略微倉皇地掩下眼睫，戚長君按下心中悸動，舉措仍與平常無異。他慢條斯理地收尾，腦子亦在整理思緒。

「……晚些，記得讓小神醫替妳看看。」說罷他就打算離去，卻被對方一手揪住袍角。

「嗯？」他微側過首，平靜地等待後話。

雲琈看向自己不受控制的手，忙不迭收回。「沒、沒事，戚君隨我奔波多日，趕緊去歇息吧。」

「好。」他難得彎唇一笑，她卻因羞窘自己舉措，低頭不敢看他而錯過。

等到戚長君推門離去，雲琈才抬頭，微吐了口氣——總覺得，方才戚君想說的不是那句話……那麼，會是什麼呢？

戚長君滿腦子所思，皆是方才之事——

一直不明白，為何面對雲琈時總會不自覺地心軟，本以為是因她救了全軍，又為自己四處奔波、承受流言蜚語……

明知她與他身分不相當，卻無法對她袖手旁觀……

原來，早在他把自己的貼身玉珮交給她、比照她將金令給他之時，便對她交了心。

只是愚鈍地，不知。

她一番赤忱，初遇時百般示好，面對他時又乖又軟，沒有半點在外驕矜風流的模樣——自己對她而言是特別的存在這點，她表現得直接坦白又熱烈……

哪能不動心？

可是……如今他身負婚約，要是退婚，只怕子玨頭一個不讓，還要把罪過都推到雲琈身上。

但他好不容易遇上一個合心意的人，實在不願意就這樣放棄……

戚長君斂眼，沉沉一嘆。

◆◆

雲琈撐著額角閉目養神，並未睡去。

戚長君走後，十五便一直守在門口，直到十三過來。

「十三師兄。」十五喊了一聲，聲音又放更低：「師姊在休息，方才戚君已為她包紮過了。」

十三輕應一聲，悄然推門，無聲無息地進房，十五小心地掩上門。

坐在中央長榻上的女子，手臂支著頭擱在小几上，受傷的手放在腿上，姿態頗為閒適。

「前輩如何？」她睜開眼，眸心一片清明，未有半絲疲憊。

「師姊沒歇？」

她捏了捏眉心，壓下那份氣躁。「歇不下。前輩的狀況如何？」

十三走到她身前，替她診脈。「他的狀況不好，內傷沉重，又有積毒，需要回京城治療。」

雲琈早有預料的點頭。「晚點等你二師兄的消息。他體內的毒棘手嗎？能緩些時日否？」

十三沉吟半晌，雲琈也耐著性子沒有催。

後來他彎身從藥箱內取了小瓶，倒出一顆，遞到她面前，她伸手接了吞下，再啜口白水潤喉。

「前輩的狀況與師姊有些像，只是相較下嚴重更多……雖能緩一些時日，但……他內傷沉重，無法將毒素壓制太久，隨時可能毒發身亡。若能回到京城，還能吊著找法子續命。」

雲琈眉心一凜，眼神沉肅。

「……四日。撐得住否？」

「好。」十三一愣，抿脣頷首，隨即又說：「只四日時間，來得及嗎？」

她勾脣，漫不經心地一笑，眸心卻宛如寒潭。「拋出了餌，四面八方窺伺的魚都會來吃，哪有什麼來不來得及……晚了，可就吃不到了呀。」

她本只想找到血麒麟仍在塔內的證據，還未細想要如何折磨穆陀……她都沒騰出手來收拾他，他卻已耐不住動手——既然如此，不一根根扳斷他的手指，怎麼對得起父親、對得起受他牽連而死的百姓？

◆

◆

朗月當空，萬籟俱寂，廊簷下盞盞燈火綿延，卻映出伶仃的滋味。

迴廊下一襲單薄的身影抱臂半倚廊柱，長髮簡單鬆綰披在身後，姿態隨意，卻一點也不散漫。

她目光遠眺，不知在思忖何事。

戚長君半夜起身喝水，察覺屋外有人，他一怔，拿過架上的外衣搭上，推門而出。

——是雲琈。

推門聲沒有驚動她，他便也沒想出聲，就著稀薄的月光，看著她的背影籠罩在銀輝暗影之中。

這麼晚了，怎麼還不睡？還站在他門口……是在替他守夜？可這不是她所轄之處嗎？

還在想她要多久才會發現，下一瞬她的身子似被人拉挺起來，環臂的手規矩地改放在身側，往後一望。

「……吵著你了？」

「並未。」一半點聲響也無，哪來的吵？

「那、那……」她一愣，隨後有些侷促地捏了捏指尖。「請回去睡吧，小女子等你睡了再走。」

戚長君一怔，失笑一聲。「應是妳回房去睡，我替妳守夜。」

她一愣，受到極大的驚嚇，忙不迭搖頭。「不不不……怎麼能讓戚君守夜，小女子還不睏——」

不睏？他挑眉，表情雖平淡，但懷疑的意思很明顯。「方才妳不是倚著廊柱閉目養神嗎，不倦？手上還有傷，應當好好歇著。」

雲琈欲言又止地道：「……小女子習慣了。戚君才是，明日還得勞煩你和梁公子，護送六前輩到安全之處。」

「妳要部署之事比我們還多，倒是催著我去休息，對自己卻不管不顧？」說罷，他又往前走了幾步，最後在她身旁站定。

她沒有說話。

「比起孤單守夜，不如聊一會？」

她心尖一跳，吶吶地問：「戚君要聊什麼……」

他在憑欄上坐下，拍了拍身側示意她也坐，她掙扎一會，乖順地坐下。

「既已找到第六層的守塔人，接下來妳打算怎麼辦？」戚長君問。

「繼續尋找八、九層的前輩，然後等小二查清四、五、七層是不是穆陀的人……若是的話，除卻一、六的鑰匙在我們手上，剩下的全在穆陀掌控之中。」話至此，她語氣有些凝重。

戚長君瞥了她一眼，忖度須臾，仍是選擇問：「伏義與妳師父雲若月有何關係？伏義與妳，又有何關聯？」

去梁君閣傳口諭時，他曾猜疑血麒麟的傳承在雲琈身上，之後，她多次談到往事時，對伏義的態度總與他人不同，他也曾想過是自己多心……今日聽她說起她的師父雲若月以及伏義，那語氣神態，分明是兩人之間，必有羈絆。

然後——那位前輩探到她身上有傳承。

之前他曾問過她，獲得傳承有何表徵，她說過獲得傳承之人在接觸血麒麟時，會有紅光回應。但第一次見面，她拿到血麒麟之時，血麒麟毫無反應，且她一言即能斷定血麒麟真偽……他因此疑心她便擁有傳承，只是她不說，亦無人能證實。

現在六前輩的反應，已替他的猜測作了證。

當年傳承落在伏義身上，最終是因遍尋不著伏義蹤跡，穆陀才會被人推舉成新盟主，若他知曉傳承在世，必然要出手奪取——穆陀與雲琈的對立，不可避免。

只是，若伏義和穆陀是師兄弟，那阿琈和伏義又是什麼關係，為何能繼承神物血麒麟的傳承？

隨著為何要尋找血麒麟的真相逐漸披露，雲琈明白戚長君總有一天會問她，所以只沉默半晌，便決定據實以告。

「說來也是武林舊祕了……其實伏義和雲若月，是對夫妻。而我師父雲若月也不是終身未有所出，師父育有一女一子，其女在十八年前，被穆陀親手殺死。而兒子，便是小二——戚君見過的，是我師弟，大夥兒都叫他二師兄。」
戚長君一怔。
確是祕事。
「那，伏義是妳的？」
回想起那人音容樣貌，雲琈不禁暗了神色，喃喃地回：「義父在我心中，等同父親，可他說我有父有母，堅持不讓我叫他父親，只願做我義父……即便如此，我也明白他愛護我的心思……他將自己閨女的名字給我，又何嘗不是認我為女的意思？我承此名，便也承接此仇——」說完，她朝他一笑，落寞中顯出幾分故作堅強的淒楚。
「當初騙了戚君，還望戚君不怪。」
他搖首，並未放在心上。那些，又哪裡算得上騙呢？
恍若陷入當年回憶，雲琈看著擱在腿間的指尖，不由得蜷了蜷。
「當年因穆陀奸計，義父中毒，已無幾年可活，可他眾叛親離、遭人追殺，最後只得隱姓埋名……他怕自己死後傳承消失，便把自己僅存的內力連同傳承，一併送進我體內，直到六年前我武藝有成，才真正繼承了傳承。若不是他當時已無內息保身又要護我，也不會遭穆陀凌虐致死——義父死時，師父正在閉關，等她出關時方知義父遭天下眾派緝殺，雖費盡人力輾轉去往各地，最後卻只找到，我。」說到此處，雲琈起身。
月光下她步伐穩健，動作不疾不徐，姿態優雅，在他面前跪下時，微垂的螓首又無比虔誠恭敬。

「或許戚君不記得了，但在師父找到我前，是戚君相救，沒有你，我是活不下來的——戚君於小女子有救命之恩，別說守夜，但凡戚君開口，小女子能力所及，必為戚君赴湯蹈火——性命相送。」

這樣——一切都說得通了。

她與他非親非故，卻願意三番兩次為他冒險行事。

報恩是真，可那份戀慕，也是真。

雖然……他不知自己是在何時何地救了她。

忽有一股熱潮不斷在胸腔翻滾，她的往事，他聽來唯有止不住的憐惜，心房那處恍若塌陷些許，更似軟成了水。

戚長君在她面前蹲下，抬手捧她的臉龐，她的纖軀沒有繃緊，因為她已然發著輕顫。

「……我能幫妳什麼？」

「嗯？」雲琈眨了眨眼，不能理解他的意思。

他斂眼，月光落在那眼睫上頭，溫柔他俊美的臉廓。「找到血麒麟替伏氏洗刷冤屈、為他報仇，我都會幫妳。」

她瞪大眼。「可這是小女子的事，報仇之事不該將你牽扯進來——」他奉命與她一同尋找血麒麟，她沒有拒絕是因為她有私心，不然這事她自己也能辦好。

因她一時私欲，將他牽扯進血麒麟一事中，她絕不會再讓他摻和報仇之事。

伏義含冤死在穆陀手上，甚至背負出賣武林至寶的臭名仇怨……她這年來承受的樁樁件件，沒有一件是容易的。

「但我想幫妳。」

她已那麼難、那麼苦——他如何忍心？

為什麼？雲琈愣愣地、不明白地望著他。

戚長君勾唇微笑，不打算在這時告訴她真正的原因。

要是現在說了「喜歡」，她會相信嗎？怕是驚嚇居多吧……況且現下時局不明，他仍背負婚約，她又接下尋找梁子鈺的差事……暫且等這些都告一段落吧。

他也必須處理好與梁府的婚事——得把自己處理乾淨，才有資格談。

「為了……不負妳心意。」

——為了，不負她喜歡他，願意以相命相送的情意，也為了他胸坎中，這股心慕疼惜她的感情。

耳畔的嗓音低啞柔軟，帶著寵溺，還有隱匿深處的吁嘆，雲琈怔怔的。

不負她的什麼心意……她心尖一顫，好似有一抹靈犀從腦中迸現，又轉瞬消失。

不，不可能是她想的那樣。戚君怕是覺得她付出太多，不忍心，才想回報她這番心意一二吧……戚君一直是溫柔的人，她曉得的。

戚長君受不住她這樣的眼光，舉手覆上她的眼睛。

「別這樣瞧著我。」他單手攙扶起對方，待她站穩才移開手。「夜深了，去睡吧。我會把前輩安全護送到目的地，妳得好好睡一覺才有精神。」說罷，按住她的肩頭，將她轉向房間。

殘月當空，夜已深，一輛馬車卻於道上急奔。馬車周圍還有三人駕馬跟隨，一路護送，踏月往京城的方向而去。

倏地，一支冷箭直撲馬夫面門，雲琈抽鞭不及，冷箭堪堪擦過馬夫頭頂。閃過冷箭的十五腦後一陣發涼，加速往前邁進。

隱身在暗處的刺客見狀只好全都現身，連發幾箭射中馬匹，馬車失衡一路摔到地面，車裡的人跌了出來。十幾名刺客連連出招，刀劍冷箭齊飛，不只往地上的兩人招呼，連馬上的人也未能倖免。

混戰乍起。

這一瞬間，馬車裡滾出來兩人，渾身已插滿箭矢。

得手輕而易舉！刺客首領並未多想，只覺這一路辛苦追殺，終於到了盡頭，提刀走到屍體前，用刀尖挑起被斗篷遮掩住的人——

眼角擦過斗篷一角，意識到不對，他倏地向後退去，大喊：「中計了！是假人！」

果然，斗篷一揚，被裹住的稻草人凌空旋轉幾下，乾燥的草屑絮絮飄落。

與此同時，刺客首領的肩被人按住，持刀的手臂被來人俐落地卸下，喀啦一聲，軟軟地掛在身上；他脖頸處擱著一把匕首，月光之下冷鐵寒芒閃爍，刀鋒銳利難擋。

刺客首領咬牙，微側首想辨挾持他的人是誰，卻只能見到細白指尖。

「……來者何人？」

雲琈捏著他肩骨，微湊上前去。「小女子的名字不足掛齒，不勞惦記。」

他冷笑一聲，看著十幾名同伴倒的倒、臥的臥，隱約感覺到暗處還有人潛伏，今晚這役，是對方特意下套。

雲琈羽睫微垂，沉下嗓音對十五下令：「動手。」

命令一下，潛伏在四周的黑衣人頓時現身，一刀一落，滿地鮮血直流。

她指尖匕首一帶，身前的人同樣軟身倒地。

戚長君和梁子玨在正午時混著百姓與商隊出城，護送六前輩安全地到了清縣。六前輩因路途疲乏，梳洗完用過晚餐後就先歇了，餘十三、十七、戚長君及梁子玨，在事先準備的三合院裡頭，等待子夜時分才自宛縣出發的雲琈他們。

估計他們到達清縣時天都亮了。

梁子玨陪戚長君坐在大廳，室內空蕩蕩的，唯有桌椅，雖燭火通明，可大門緊掩——也沒什麼風景可看。

「還要幾個時辰人才會來，你要等一晚？」梁子玨忍不住問。

這幾天，他越發覺得好友不對勁。不只是他與雲琈的相處似有難言的默契，連他對雲琈的態度亦有說不出的奇妙……他覺得他擔心的事情，已以不可控的速度和情勢發展起來了。

而他只能眼睜睜看著，還無從阻止！

「不，我坐一會。」

戚長君淡淡一句，語氣與往常一樣，可不知是否是梁子玨心有所疑，覺得這話帶著疏離──他似乎不欲人問。

「這個雲琈，確實不簡單。」一路從京城到宛縣，再從宛縣到清縣，這個女子的手段、魄力……不只是功夫好，連腦子也是好使的。

還有她身後的梁君閣……

戚長君恍若未聞，並未作聲。

梁子玨側首睇了戚長君一眼，微瞇起眼。「長君，你該不會真對她有什麼心思吧？」他心中已有定論，但還是試探了一下，彷彿這樣能安撫自己、自欺欺人──不然呢？妹妹的未婚夫在他眼皮底下喜歡上一個偷遍天下的賊子，他的臉面往哪裡擱！怎麼對得起妹妹！

「你當如何？」戚長君雲淡風輕。

「我當如何？我還能怎麼？照樣那句老話……你和子珮有婚約在身，你是有婦之夫！再退一步說，你與她身分不符，就算雲琈願意為你金盆洗手，你也不能同她一起，她是賊！骨子裡仍是下等，怎配得起你戚家歷代承爵的門楣！再者，就算她能收手，過往的那些哪能既往不咎！」

戚長君未語，端起水喝了一口。

梁子玨說到勁頭上，當他被說服了，便繼續道：「長君，與我梁家結親不好嗎？珮兒從小戀慕你，只等著及笄、等你平定西北回來，嫁你為妻……我知你要說，和你有婚約的人實是子鈺而非子珮，可鈺兒失蹤多年，若有幸找回，也不知她機遇如何，是否已為人妻——我們兩家相交多年，你我又情同手足，珮兒實為你妻之良選，你——」

戚長君俊眉輕擰，淡淡地打斷梁子玨的長篇大論。「若子鈺能歸，自是最好。但即使子鈺歸來，我也不娶。」

梁子玨瞠眼大驚。「你說什麼？長君，你該不會——」想要毀婚吧？

不理對方的大驚小怪，戚長君淡定自若。

「你什麼意思，倒是說清楚啊！」

戚長君起身離開，留梁子玨一人在廳中要追也不是，不追又不甘心，惱得在原地恨恨地咬牙。

要是長君鐵了心要和那雲琈——那子珮怎麼辦？母親時常在她耳邊叨唸她終有一日要嫁給戚長君，她心懷企盼，對自己行止儀態亦多有矜持規範，就是為了當好將軍之妻。

子珮為了嫁給他做了那麼多努力，要是功虧一簣，還不得傷心欲絕？不行，他不能讓長君做下錯事！

他得找個機會，想辦法阻止才行……

◆◆

天還未亮，街上仍有薄灰濛濛，空氣裡泛著溼潤的水氣。

三合院前三人三馬佇立，雲琈半倚在馬脖子旁，一手輕輕地撫摸著馬鬃，眼眉染了些疲倦，十五正拉起銅環叩門，門便被人從裡面拉開。

十五後退一步——是戚長君。

「有勞戚君。」十五一出聲，雲琈便站直身子，朝他淺淺一笑。

「戚君晨練完了？」她自然地問，不覺有何不妥。她曾隱在他身邊守過他一段日子，對他規律的作息很瞭解。

戚長君回了一個淺淡的笑意。「嗯，一路辛苦了。」

雲琈放下韁繩和十五先後進門，十六自覺地接過兩人的馬，拉到一旁的馬廄去。

進了大廳，雲琈直往主位坐下，十五倒完茶就退到下首的位子落座。

雲琈自然地將几案上的茶盞遞給戚長君，被他推回。「辛苦一宿，潤個嗓，我不渴。」

她端杯喝了。「這一路多謝戚君。」她親身作餌引刺客，把六前輩交託於他，所以她這一路無甚掛心。

「不必。」他覷了眼她的神色，問了句：「先去睡會吧，今日午時又要趕回京城了。」

她對他的話百依百順，捧著杯盞應了聲好。

十五：「……」

師姊這是忘了方才在路上交代他們什麼了嗎？不是說整裝過後就要分派任務，眼下這狀況……是要歇了？

十五啟脣欲言，雲琈一眼掃來，全數又吞了回去。

「跟十六說一聲，先歇，餘下之事起來再談。」

「是。」

十六正往這裡走來，十五直接將人拉走，往寢間走去。

十六滿臉疑問。「師兄，師姊不是還有任務……」

十五一臉冷漠。「別問，聽話。」

十六：「……」好的，遇上戚大人，師姊就沒原則了。美色誤人啊美色誤人！

待兩人走後，戚長君才緩道：「午膳想吃什麼，我做給妳吃。」

雲琈一愣，未反應過來，眨著眼兒瞅著他。

他不似玩笑……也是，戚君從來不玩笑的。

她笑燦一張臉，豔麗傾城的容顏染上幾分孩子氣的嬌俏，帶著一抹惹人心憐的憨氣。

「做什麼小女子都吃！」

「好。」

他一笑，眼底眉梢宛若春風化雨。

十章

回到京城梁君閣後，十五和十六馬不停蹄地執行雲琈交代的任務去了，六前輩則被迎入早先準備好的院子，由十三繼續照料。

戚長君和梁子玨由二師兄迎進，隨後雲琈向他們宣布：「戚君，你要的那名無生門人，已經抓到了。」

梁子玨微瞠眼，驚訝於這速度。

戚長君問：「妳不需要他了？」

二師兄愕然地移目雲琈，她卻無甚表情，只輕抿脣笑。「他在此處的作用已畢，是該交到天子手中了。」

戚長君頷首，面色柔和。「我明日來將他帶走。」

「好。」雲琈回了聲，繼續說：「穆陀派出的殺手我已全數清理完畢，六前輩目前無虞。只是清縣和昌縣等幾處傳過六前輩行蹤的地方，需要派人做些手腳，混淆一下穆陀……替十三爭取一些時間。」

說到這裡，她往戚長君看去。「戚君將人領進宮中後，還請聖上祕密處置，莫提梁君閣，否則我閣中人在這江湖上，將難以立足。」

幫助朝廷一起捉拿江湖罪犯的消息一傳出，以後誰還敢跟梁君閣來往？到時兩面不是人，哪裡都行走不得。

「這是自然。」他回。

雲琈眼色柔軟幾分，續道：「另外便是……聽聞太后娘娘對小十四頗為喜愛，已留她於宮中居住多日，還請戚君明日將她帶回來。十三醫治六前輩也需要幫手。」

「好。」當初他離京前往宛縣時，恰好宮中傳喚，十四便待在宮裡伺候太后了。想來十四也極會哄人，竟能得太后青眼。「太后娘娘的身子既調養得差不多，也該讓她回來了。」

「對了，我讓十五和十六去追陳輝的下落了。玉虛宮那邊有盯著嗎？」她問二師兄。

二師兄點頭。「死咬著呢。」

「嗯。」雲琈放心地頷首，瞥了梁子玨一眼，對二師兄說：「路上梁大人託我們找人，我接了。你領他去，再細問一番。」

「好。」二師兄起身，對門口比了個請的手勢，梁子玨便跟著他走了。

廳中只餘兩人，雲琈悄然捏了捏手指，看向戚長君。「小女子要去祠堂看義父，戚君……同去嗎？」

她想讓父親看看戚君，想跟父親說這是他們的恩人，亦是……她喜歡的人。

戚長君恍若不覺她的忐忑，輕然應聲：「好。」

◆ ◆

雲琈跪在祠堂蒲團上，戚長君站在她身側，兩人手上皆拈著香。

戚長君執香拜完後，便退到一旁等雲琈。

她應該有許多話要對已故的伏義說。

不料他念頭方落，她便起身插香。

「好了？」

「嗯。」她笑了笑，兩人一前一後走出祠堂。

「平時我與義父說得多了，也沒什麼要說了。」語末，她忽地沉默，緩道：「只是……迷茫之際，會想問問他……我這樣做對不對，有沒有哪兒錯了、他會不會生氣……」她輕輕地講完這句，朝他抿脣笑笑，掩去話裡的寂寥落寞與無助哀傷。

戚長君微皺眉，想伸手將她攬進懷裡，擱在腿邊的手卻只是握成了拳。「阿琈是個好姑娘，他知道的。所以不論妳做什麼，他都會支持妳的。」

似乎從未聽過有人這樣安慰她，或者不曾想過對方會說出這樣的話，雲琈神情微怔，少頃才勾脣一笑──那笑裡帶著難以察覺的茫然，他心底泛起一股酸軟澀意。

察覺自己的失態，雲琈將目光收回，視線投向廊外的庭院，眼眸不覺又起一片輕淺迷茫。

「……義父死前求我護好傳承，代替他的女兒活下去，從未提過半句要替他報仇的話……可是，他那麼好的一個人，憑什麼為了他人的不甘、私怨，落得家破人亡、眾叛親離、萬人唾棄的罪名？」

戚長君緊了緊指尖，再一次忍住想將她擁入懷中的衝動，啞著嗓子岔開話題：「待我把十四帶回來之後，妳打算怎麼做？」他本隨御醫們叫「小神醫」，這幾日因她之故，也同她一起喊了他們的名字。

「有些事，小女子想親口問六前輩。他是守塔人，知曉的消息必定比我們打探的更多、更準確。」

戚長君回：「嗯。」

「若血麒麟真品在塔中，就表示它從未出世，更沒有『伏義獻血麒麟以得高官厚祿』之事，十八年前的腥風血雨，都是穆陀一人策劃的——一旦確認血麒麟在九重博通塔內，剩下的交給梁君閣便可。」血麒麟由她去取，武林的風暴他能避過，安然回去當他的定北大將軍——

戚長君答：「不。」

「嗯？」

「妳要正面與穆陀一戰，我不放心。」

咦？雲琈不解地望向他。

戚長君道：「雖我未與穆陀過過招，但他既能任武林盟主，又有多方勢力在其麾下為他效命，梁君閣與他對上，勝算難免單薄。」

「可是……」可是其實，她沒有那麼弱。她為這可能的一戰，已準備了許久，夙夜匪懈，如若散盡畢身功力，未必不能與穆陀同歸於盡——

反正她的命是父親所救，以她一命回報義母，替義母報殺夫失女之仇，還能替小二殺了弒父仇人，她這條命太值了。

戚長君答：「……我會陪著妳。」

雲琈微瞇起眼，想要忍住眼眶內的酸澀，或者是憋住心中那股發軟情潮。

他好似還不懂她的澎湃已崩潰在即，又補了一句：

「所以，不要怕。」

「……好。」

再一次，就再貪心這一次。

之後，她若有命活著，便退回暗處，陪他春夏秋冬、生老病死，一輩子守著他——

絕不踰矩。

◆

「阿琈！」

方將無生門人交給戚長君帶去皇宮覆命，二師兄略有焦急的聲音便傳來。

雲琈停下欲往廂房的腳步，偏首瞅去，一副氣定神閒的模樣。

「怎麼啦？」

二師兄扯過她的袖子，拉她到湖心亭內坐下。「博通塔第二層守塔人被妳所殺一事，已在江湖傳開，現下武林人紛傳梁君閣意圖不軌，欲殺盟主奪位，喊著要對妳下手——妳最近……暫且消停些，有什麼事先交給我辦吧。」

「為什麼？」聽完他的話，雲玶並無愁容，反而勾唇笑了。

縱然不是那張豔若牡丹的面皮，亦從骨子裡笑出了妖媚的味道。「只要我們找到陳輝，讓他說出實情，我這罪名不就洗清了嗎？為何要躲？」

他不是不懂她的意思，只是她身懷奇毒，目前雖然並無大礙，但這陣子她又是受傷中毒，又是內息有損不可動武，身體的狀況不似以往。

要知道，雲玶身上奇毒比太后所中的「龜涎」還要高一級別——除了血麒麟外，暫無藥可解，這毒被她壓制了數年，不知何時會發作，但她眼下狀態不佳，如何能同之前一樣，任她江湖自由來去？出事了怎麼辦？

雲玶微傾身，湊近他面前，清麗面龐與他相對不過咫尺。「小二，我們現在已逐漸取回主動權了，若要怕，也是他怕我們，不是我們懼他。」

「我曉得，只是妳內傷未癒，那日前輩試探妳時，妳的傷口……自己身子狀況怎樣，心裡沒數嗎？」他冷瞥一眼她掩在袖中的左手臂，語氣帶著嚴厲：「我知妳速度奇快，打不贏可以跑，但多人一圍，任妳腳程再快也無用——妳倒是告訴我，妳想用命去拚嗎？我父親的仇，妳還要不要親手報了？」

「好好好，我不湊熱鬧就是。」雲玶眨了眨眼，盯著對方板著的嚴肅臉，罕見地聽話了一回。只是她仍有話要說：「陳輝替穆陀殺了吳尚書，穆陀卻要他的命；六前輩從塔內逃出，八、九前輩依舊下落不明——博通塔的九把鑰匙少一支都不行，穆陀卻整整少了四支……我瞧他是急了，想在東窗事發前弄死我，好保住他的盟主之位。」

「妳又知道了？」見她乖巧，二師兄寬心不少，語調也緩和了些。「怎麼不知？很好猜啊。」雲琈身子往後，背靠憑欄，姿態閒適。「之前我做了血麒麟在塔內不曾出世的假設時，你憂心我猜錯，不是反問過我一句，我回你乃是你父親所說，怎會有錯。」

二師兄頷首。他記憶猶新，當下他立時無聲，生怕又勾起她的傷心事，事後更沒想過要問，眼下她自個兒提起，他自是洗耳恭聽。

她記憶忽地回到那天廊下的父女談心，語音不覺帶上幾分神往的飄渺：「父親一生光明磊落，血麒麟自然不可能以那種方式被他獻給朝廷。可當年事發突然，他不過去送義母一趟，回程卻被一群武林人群而攻之，甚至波及那一帶百姓，無生門大範圍撒下『龜涎』、『玄武』之毒，他也沒能倖免──當時他不知發生何事，可後來他對我說，他不是沒想過將盟主的位置相讓，但穆陀親手掀起了腥風血雨……後來我想過，父親說這些話，表示他和穆陀曾有一談，只是不知為何破局，導致穆陀不僅不相信父親釋放的善意，甚至對他窮追猛打，更甚用髒水潑澆他身……若如我所想，那些話應能為『血麒麟從未出世』佐證──因為一旦父親死去，在前盟主也身亡，八、九前輩不知所蹤，九重博通塔的守塔人傷亡慘重的狀況下，是無法打開博通塔的，就算開了，也根本無人能驗證血麒麟真假。血麒麟出世或不出世，他都能一手遮天。」

「八年前我入大內藏寶閣竊玉露寶瓶時，曾驗過血麒麟。那時我只算藉由義父的內力保管傳承，不算真正繼承者，可即便如此，驗血麒麟真假也足矣──那時的血麒麟，就是假的！」

二師兄瞠目大驚。「怪不得妳那時沒拿……」

雲琈冷嗤一聲：「真的也拿不得。寶瓶失竊事小，血麒麟失竊可是大事，你以為當時真拿了血麒麟，我們護得住？」

二師兄背後一陣冷汗。「……護不住。莫怪妳那時一直一人暗中查找血麒麟的消息。」

雲琈答：「用全閣之力去找太明顯了，且時機也不到。」

二師兄問：「妳那時不放棄八、九前輩的消息，也是在等吧？」

雲琈嗯了聲，用手臂支起腦袋，姿態慵懶。「他們十幾年來毫無音訊，要不是真的身死消亡，就是在等風頭過去，不管是哪個，我們都等得起——這十幾年間，我們在武林各派埋暗樁、由底層滲透，於各地開設醫鋪、飯館、酒店、客棧，從中建立龐大的訊息網，終於在站穩腳步的今天，等到了契機。我有預感，八、九前輩還活著，甚至還有奇怪的直覺——」

「什麼？」

「兩年前，委託我們調查穆陀、猜測血麒麟從未出世之人，就是那兩位前輩其中之一。」

「啊？」大概是震驚到了極點，二師兄這一聲疑問出來前差點沒被嗆到。

偏偏雲琈毫無感覺，逕自續道：「『血麒麟從未出世』是多麼大膽的假設啊，而且針對的又是當今盟主穆陀——若不是此案核心相關之人，曉得事情全貌，就是穆陀的仇人，見不得他好。不然案主為何要冒這個忌諱？委託我們查案的，可能不是十分有名氣地位、多數人認識的知名人物，否則這江湖明槍暗箭甚多，怎麼安然可能躲避這麼多年……但他必然，有某種程度的話語權。」

二師兄順著她的話去思考，發現竟然找不到漏洞。唯一的漏洞大概就是，她大膽地假設了案主是誰。

「話又說回來，你想想，是不是從我假設血麒麟不曾出世之後，後面發生的事情都理所當然？」

二師兄喃喃地思索：「第一層鑰匙被奪，第二層雖然拿到手，可是六、八、九層的鑰匙仍不知所蹤……而穆陀殺了吳尚書，除了是要拿鑰匙，也是為了順利換上自己的人，就跟十七年前大亂之後，他趁著三位守塔前輩重傷身亡，派了自己的人去頂替……之後九重博通塔，除了六、八、九，其餘六層，就都是他的人了！」

「沒錯。」雲琈給了一個孺子可教的眼神。「穆陀鐵定是不相信傳承被義父身上『玄武』給化掉了，這幾年他私下一直查訪，始終沒有著落……找不到傳承，就要放棄嗎？當然不，所以他只能先將九重博通塔控制在手中，只要確保血麒麟在塔內，將來若得傳承，他就是名正言順的繼承人，整個武林沒人能質疑他。而不知所蹤的八、九前輩，便是他的敵人。」

二師兄道：「但他得到了傳承後，要怎麼解釋父親送進宮裡的是假的、真的在塔裡？這不是明擺著告訴別人，當年的血雨腥風是他一手造成的嗎？」

雲琈指尖敲了敲自己交疊的腿。「這還不簡單！這幾年穆陀討好朝廷，說是替義父贖罪，在能力所及內報效朝廷、為皇族做事，靠幾年的情分累積，屆時他只需跟皇族協議，再走個過場，不就又遮掩下去了嗎？若他這輩子永遠得不到傳承——那他必會用他的方式打造一個新的信物，或者，從他麾下選擇值得信任的人，擔任下一任盟主。這樣，之後盟主傳承，就會任人唯親、不問正義，更不顧品德心性——要是不幸又出了百年前的江湖大亂……玉虛宮可再沒那樣優秀的宮主和尊者來幫我們平定禍亂了。」

二師兄完全不懷疑雲琈的推測會成真——他感覺這些年一直在追尋的真相，已是她口中大部分的事實。

「可我覺著還沒有到讓穆陀走到那一步的時候。他素來不甘義父與他之間資質的差異，血麒麟傳承沒給他，是他此生的心病——不到最後關頭，他是不會放棄找傳承、讓自己擁有名正言順地位的機會的。」雲琈涼薄地笑了一聲，忽而壞心的勾起唇弧。「可是，我怎麼可能讓他稱心如意呢？當我死的呢。」

二師兄：「……」不敢不敢，整個梁君閣就沒人敢當妳是泥人。

「那接下來照原定計畫嗎？等治好六前輩，就問問前輩當年之事？畢竟方才所言，多數是妳猜的。」

雲琈哼了句，似乎是說了太多話，耗了不少心神，顏色染上疲睏。「若我們能先他一步找到八、九前輩，屆時聯合三位前輩一起到九重博通塔前，要求穆陀開塔，他也不能找藉口不開吧？」

二師兄嗯了聲：「血麒麟於宮中失竊一事雖然還未人盡皆知，但若我們加以宣揚，再加上血麒麟並未出世的謠言沒個消停，到時好生搧風點火一番……這穆陀為了守住他的盟主之位，塔必定得開，不開就是心裡有鬼，惹人疑竇──開了，那他誣陷父親的謊言，便不攻自破。畢竟他不能直往頂樓，先將血麒麟轉往他處，現下能阻止我們的辦法，就是四處給我們使絆子，教我們無暇他顧。」

「對。所以我們早就不是被動的一方了。」晨間的風拂來，捎來一點花香，吹起她額間細髮。

他目光追著雲琈，喟嘆一聲：「等了這麼久，終於等到了……」

「是啊……我從未有一天敢忘。」她收回遠眺的目光，盯著自己掌心，緩緩收成拳狀。

「那麼，待此間事畢，梁大人尋妹之事，妳打算怎麼辦？」

「什麼怎麼辦？」

二師兄定定地凝睇她。「梁大人給的那些條件──閣內師妹俱符合。梁君閣內除了我，從老三開始到小十七，至少有十人受十八年前穆陀奪之位一事所害。其中年齡符合的姑娘，便屬妳與小六和已亡的小十。」

「所以？」雲琈眼梢一挑，笑得嬌俏明媚。

他瞪她一眼，沒好氣地說：「妳是要把東西交出去，告訴他們人已經死了，還是要瞞著，讓他以為我們仍在繼續找人？」
雲琈靜默，捻了一縷髮絲在指尖把玩。
纏纏繞繞，繞繞纏纏。
好半晌，她才不知其意地，幽幽吐了一句：「……人死不能復生。」
「嗯，所以……妳得想好了。」
她哼唧一聲，擺了擺手讓他退下。
他起身，俐落地離開亭中，給她個清淨。

◆◆

十三、十四一同照料了七日，六前輩的狀況才穩定下來。
第八日，雲琈請來戚長君和梁子玨。
客人來時，十三正在替雲琈把脈，十四則在為她換藥。
傷勢未曾動到筋脈，唯有表面肌膚落下針扎似的小洞，本來養幾天就會好全，卻不想因六前輩身中無生門之毒，兩毒互相牽引，恰恰挑動了蟄伏在雲琈體內的奇毒，這幾日隱隱有毒發之狀。
十三和十四不敢大意，連二師兄也懸著一顆心。
戚長君進屋時，十四正好將傷口纏畢，放下她的袖子。

「傷還沒好？」他問。

「早好了，小十四怕小女子留疤，特意多養幾天罷了。」雲琈朝他笑了笑，比了比前面的椅子，几案上放著沏好的熱茶。

知曉內情的三人，乖巧地沒有戳破。

幾人寒暄完，直接切入正題。

「這幾年我們一直在找血麒麟的下落，卻先後有皇宮中血麒麟失竊、塔中血麒麟從未出世等傳言……想問前輩是否明白這之間曲折？」

六前輩眼色微黯，目光移到雲琈身上。「妳與伏大哥……相處了多久？他一句也未對妳說過嗎？」

雲琈抿了唇，不願回想，只得簡單說了幾句：「在義父身邊只待兩年，臨死前他將傳承給我，只求我替他的女兒活下去，其餘的倒是沒有多說。偶爾，會聽他說一些往事，但關於九重博通塔之事卻罕有……可依義父心性，我不信他會為了官位或財寶出賣武林至寶。」

最後一句，被六前輩複誦一次，諷刺地笑了聲。

「在這之前，在下想問問兩位大人。此番尋到血麒麟之後，朝廷還要拿走它嗎？」

戚長君道：「不，聖上正想此趁機會，藉梁君閣之手，將血麒麟歸於江湖。」

六前輩點頭，眼光落在窗外，娓娓道來：「十八年前穆陀為取盟主之位，殺了伏大哥之女，更策動許多門派追殺他，以一句『欲以血麒麟上奉天子，換取高官爵祿』

將伏大哥逼至死路……那時不少人想救他，奈何不敵穆陀和無生門，一把一把又一把撒下各種毒粉，有含恨、有淒死，還有龜涎……這些毒藥，毒死了不知多少欲救他性命之人，更牽連不知多少無辜百姓……都是作孽。」

「穆陀事先預謀，欺騙前盟主，讓他下令將八、九前輩調離九重博通塔，又暗害前盟主並嫁禍給伏大哥，引起不可平息的大亂後，更散布不實消息，逼得部分擁護前盟主的長老前輩出手制裁伏大哥——穆陀以語言蠱惑眾人殺了伏義，當時還有朝廷出兵相助，雙方大打出手，情況極亂，如此幾乎無人再信伏大哥是遭人誣陷，罪責根本當場判立！雙方都有大片死傷，玉虛宮尊者和部分門派的長老、掌門，便推舉穆陀上任。穆陀身為伏義師兄，在此之前也未有品行不端的傳言，再加上經過混戰之後，極需有人來整頓，他便順勢當上了盟主。」

「後伏大哥被人暗中救下，豈料消息走漏，他被人日夜追殺，身上更染著無生門鎮派之毒——『玄武』。我知道消息時，已經來不及了。『玄武』之毒遠比『龜涎』霸道，若不是童子之身，此毒便會慢慢洩盡人體精氣，乍看無恙，等到症狀出現之時，已是藥石罔效。伏大哥天資卓絕，內功深厚，當世罕有敵手，便以他修為將毒素壓制一處，隱忍不發……當年我不欲與穆陀同流合汙，穆陀又礙於我是鑰匙，雖不敢限制我的行動，卻在我身下動了不少手腳。這些年我隱在暗處，不再反抗，佯裝投誠，私下卻不曾放棄打聽伏大哥的消息。十八年無消無息，我以為、我以為他……不曾想過，居然是——」

一室忽地在這氣氛下沉重起來。

梁子玨蹙眉，略帶歉意地抬手打斷對方：「抱歉，既然如此，出現在皇宮藏寶閣的那塊血麒麟是怎麼一回事？」

六前輩悶咳了聲。「我聽聞的確有塊血麒麟在藏寶閣，可真的血麒麟從未離開九重博通塔，我亦不知皇宮那塊血麒麟是何來歷。」

居然真是假的！梁子玨驚愕地忍不住扶額。

六前輩道：「博通塔之所以每一層皆要有守塔人，就是要九把鑰匙集結，方能在第九層的石門前，打開前往血麒麟所在的神殿，少了任何一支鑰匙都不行。江湖起亂時，八、九前輩不在，鑰匙少了兩支，是不可能打開神殿大門的。」

雲琈微瞇起眼，情緒幾度變換。

「八、九前輩從外地回來之時大局已定。他們聽聞事件經過，因心生疑竇，並未通報穆陀，而是私下聯絡我，相詢始末。不料被穆陀發現兩人蹤跡，為了取得兩人身上的鑰匙，穆陀暗中派了心腹追殺，也不知現今狀況如何。但兩位前輩幾年前曾傳消息給我，說他們會繼續隱匿，讓我好生活著，等他們尋找時機，帶我一同，為伏大哥平反。」

除了已有預料的雲琈，和被知會的二師兄，以及有大概臆測的戚長君，十三和梁子玨俱是大驚。

「這樣說來，前輩會出現在宛縣也不是湊巧的了……是與兩位前輩相約在那兒嗎？」

六前輩沉默半晌才言：「……是也不是。中途我察覺穆陀的人跟蹤我，費了些日子卻都沒能甩開，為了不連累兩位前輩，我一路逃到宛縣。後來被十七所救，她可能從我身上察覺到異樣，未曾對我說明妳的身分，只說要找位很厲害的大夫替我醫治……我以為十七是穆陀的人，本打算將計就計，逃不過也要拚盡性命將其格殺，才會誤傷了妳，抱歉。」

「無妨。」雲琈不是很在意。

六前輩眼光定在她臉上，嗓音雖虛弱但語氣堅定：「梁君閣既然願意在兩年前就接受委託，想來也是在暗中等待時機吧？」

「是。」雲琈毫不避諱，而且這本也沒什麼不能提。他們如今目標一致，是該坦誠以對，只是提到兩年前就接受委託是何意？難道——

「兩年前委託我們的，是八、九前輩？」雲琈問。

六前輩頷首。

「我們一直在等待時機，本以為依我等之力，有生之年是等不到了……沒想到，竟還有反轉的機會。」他笑容悲涼。「兩位前輩的聯絡方式我知曉，這件事交給我來辦。只是，穆陀亦死盯著他們的下落，你們可有保他們平安脫身的對策？」

二師兄頷首。「沒問題，我會讓人喬裝去混淆穆陀的人，將兩位前輩平安帶回來。」

聞言，六前輩才安心地鬆了口氣。

雲琈見狀，連忙道：「有勞前輩解惑了，接下來交給我們，你且好生休養。」

臨去前彷彿怕他仍心有罣礙，雲琈強調：「前輩放心，我們想為洗刷義父冤屈，必做足準備。若鬧到九重博通塔前，我們也有把握可策反不少門派。穆陀當年投放劇毒害得無數百姓慘死，許多家庭支離破碎……這些年我們不斷尋找當初受到波及之人，想要報仇的，我們就將之安放在各個門派之內，不敢說一呼百應，但十有九應，還是能做到。」

梁子玨在聽到那句「許多家庭支離破碎」時，亦握緊了拳頭——他家子鈺，就是在那時受到牽連。不少亂賊宵小趁兵荒馬亂、眾人無力自保之際之際殺人劫財，子鈺就是在那時被一群盜匪暴徒趁亂劫走，從此下落不明、不知生死！

六前輩聞言閉上眼，渾身發顫，眼眶似有熱意，引他嗓音顫動：「……蒼天終是開眼了。」

「是。」雲琈沉應一句，眸心凝聚的肅殺一閃而過。「睽違十八年，他的冤屈，終能被天下人所知。」

◆◆

走出客院，雲琈瞥了眼天色，將戚長君和梁子玨留下用飯。十四正好把藥熬好，端著藥盅走來。

雲琈接過藥盅，應了句「還燙著，晚些喝」，又吩咐幾句好生照料六前輩後，才跟二師兄一道領人往天字一號房而去。

十四不甚放心，臨去前拜託戚長君務必盯著雲琈將藥湯一滴不落地喝完，待他應了，才滿足地前去客院幫忙。

戚長君趁她無言之際將藥盅拿走。「身子還好嗎？」

顯然之前她包紮時回答他的那一席話他並不相信，現在又見到藥湯，他更不放心了。

雲琈默了下，點首回答：「還好的。之前的內傷還沒好全才喝藥。」

戚長君垂下眼，沒有說話。憶起方才聽到六前輩說出真相時，她的反應平淡，想來今天這一番回答，在她預料之中。

可是推測預想是一回事，當一切被人親口告知的確如本人所想——心中怎可能沒有不平不甘不怨？

他知道伏義對她生命的意義，這樣的冤屈任誰也難以接受。

而且一開始，她便曉得是潑天的冤屈。

戚長君抿脣瞥她淺淡的臉色，為她心疼。「既然有前輩相助，開九重博通塔之事便有了著落。那陳輝你們可找到了？我來時聽十六說，江湖上已傳說第二層守塔人是妳所殺。」

雲琈暗暗磨牙，惱自己怎麼就忘了十六嘴碎，但面對戚長君時，仍舊笑靨以待。

「陳輝暫時沒有下落，不過他被追得極緊。之前推測陳輝嫁禍我殺害吳尚書，是為了除掉我或者給我下絆子……現在輪到我來了。」似想到好玩的事，她笑了聲，音調裡逸出一絲風流恣意。

聞她笑音，他難得心情好了起來，絲毫沒察覺裡頭的寵溺和縱容。「妳想怎麼做？」

「我派兩撥人，一撥佯裝穆陀所派，前去追殺陳輝，從中再出點力——必能引得陳輝反撲。一撥則暗中護他，別教他順穆陀的意死了。」雲琈笑彎眼，語調不懷好意，狡黠得很。「穆陀當初不是讓陳輝來害我嗎？現在我就讓他受其反噬。」

戚長君輕笑出聲。

她這樣恣意驕傲的風采，很好。

「不過……」她沉吟了句，看向他。「如今京兆尹跟著我們一道，他的家眷也要多派些人手護衛才好，勞戚君提點梁大人一聲。」

戚長君一愣，隨後一笑。「梁家人出入皆有護衛在側，京師重地，賊人應會有所顧忌。我會與他說的。」

「小心點準沒錯……聽聞梁家二小姐每回出門，前後左右皆是婢女、護衛，陣仗頗大。」憶起之前無意間看過一次的人陣，雲琈不禁失笑。

戚長君沒見過，不過也曾耳聞不少。「情理之中。當年梁府丟了大小姐，闔府消沉了好一陣子，梁夫人更是日日以淚洗面。幾年後好不容易再有所出，又是閨女，自然捧在掌中呵護寵愛了。」

「而子鈺不見的時間，恰好是穆陀引起血麒麟大亂之時，梁家本以為是遭逢池魚之殃，眼下看來卻不是……得知真相後，子玨對那穆陀可說是極為厭惡惱恨。」停頓少頃，他又說：「十六說，梁君閣內除了妳二師弟之外，不少人都是當年禍亂下倖存之人——」

她身子一頓，微不可察地僵住。「嗯，多數皆是。」

「那……」子鈺會不會也在梁君閣內？

「不無可能，但人海茫茫。」戚長君只起了頭，她便知道他的意思。也是。他明白地點頭，這個話題便止住了。

◆

難得閒暇，雲琈站在曲橋上餵魚。

天朗風清。

「師姊——」遠遠的，十六的喳呼聲傳了個遍，她微擰眉，正想喝斥一句，他話又補來：「安業寺那邊有動靜了！」

雲琈臉色一變，反手將飼料扔在他懷裡。

「人數呢？」

昨日與戚長君提過一嘴後，雲琈便暗自派了人守著梁國公女眷，一旦有異立即傳信來報。

「梁夫人帶了兩名丫鬟，加上隨侍護衛共六人。潛伏暗處的賊子，目前探查到四人。」

她一回身已跳了幾尺遠，十六忙跟上去。「我先去安業寺，你讓你二師兄點幾人過來，順便捎上十四，快去！」

命令下達，十六敏捷地轉道執行，不過眨眼，師姊的身影已消失。

戚府書房，戚長君派去尋找陳輝的人帶回了消息。

「屬下已派人跟緊他。陳輝自隆城現跡，現一路往勤安去了……再往北便不是我們的轄地，是否要將他扣在勤安？」

「不用扣留，若他要繼續往北，便拖住他的腳步，或將他往回逼……等我命令。」

「是。」

「密切注意他是否有同伴或者有他人埋伏，將他周遭的情況打探清楚，定時回報。」

「是。」

戚長君出府，直往梁君閣。

他沿著迴廊往前廳走，只覺內院有些喧鬧，與往常不同，多了幾分人氣。

心懷疑惑地來到廳中，空無一人。

戚長君不焦不躁，擇了個位置安然坐下，靜候二師兄過來。

「……不知道是誰的人你就讓她去了？好歹攔她一攔！派誰去不行，偏要自個兒去？她內傷未癒，兩日前毒性才剛壓下去，要是又發作了怎麼辦！」

「大師姊說一不二，這院裡上下誰攔得住啊！戚君在的話還可以一試——」

聽聞自己名諱，戚長君不由得多凝幾分心神，待意識到話中內容，他起身站起，瞬步來到門口。

——是二師兄和十六。

「阿琈怎麼了？」

沒想到他會突然從前廳出來，兩人俱是一愣，二師兄率先回過神。「戚君在此正好！我們接到消息，梁夫人今日往安業寺上香去了，沿路有四人跟隨，阿琈隻身追上去了——你——」去救一救……

戚長君一個閃身就不見人影。

二師兄和十六對覷了一眼，十六就追了上去，而他，則轉身去點人幫忙。

十一章

梁君閣那裡急得不行，生怕雲玶有半點閃失，郊外的安業寺卻一片風平浪靜。

雲玶將氣息隱匿，觀察四周，隨後晃身進了寺內——躲在梁夫人上方的橫梁上。

雲玶對梁夫人其實不算陌生。因戚長君和梁子玨交好，其妹梁子珮與戚長君又有娃娃親在身，她聽聞後便將梁府上下的人全調查過一遍。

她知道梁夫人愛女如命……將那名滿京城的二千金梁子珮捧在心尖上，護得就像眼珠子一般。

她從未離梁夫人這樣近，不禁有些好奇，她如此虔誠地跪在佛像面前，是在祈求什麼？梁子珮的婚事嗎？這念頭甫出，雲玶心口不由悶窒了一下。

「……若她還安好，音訊全無也不要緊。求佛祖保佑子鈺，此生平安順遂、喜樂無憂。」

雲玶一怔，有些意外。

原來，是求梁大千金的平安啊……

接著，梁夫人掏出帕子拭淚，兩側的丫鬟上前溫聲寬慰她……她不禁想起梁子玨託她找妹妹的情景。

他說，子鈺這個名字，是他父母滿心的盼望愛護。

——子鈺子鈺，有女為子，如金如玉。

雲玶壓下眼角泛起的酸澀微熱。

若無十八年前那件破事，那麼多無辜的人不會慘死，亦不會有這麼多家庭遭罪……

約莫是瞧見一個母親內心的悲傷，她未再細聽；蹲身環顧四周，耳畔只餘叨叨絮絮的低語，不很真切。

候了片刻，確認梁夫人是安全的，潛伏的敵人不在殿內，她就翻身出去，小心地藏在屋簷、梁柱或樹影之間。

等了半刻，梁夫人領著丫鬟出來，上了馬車——那群人依舊不出。

雲琈吊了半日的心不降反升——現下她不能動用內息，鞭子的勁道並不能打退他們，只能拖延一點時間……他們不動手最好，或者，只要不危害到梁夫人的性命，她便不出這個手。

「今日的自己是有些莽撞了。」

念頭甫落，前方尖叫聲傳來，劃破天際。

她完全收斂自身氣息，之前藏身在暗處的殺手一鼓作氣往馬車襲去，將馬車和一旁的護衛團團圍起。

在回梁府的半道之上，根本沒有其他人可以求助。

雲琈扶在樹幹上的手微蜷，似乎在忍耐，但另一隻手已悄然按上腰間軟鞭。

底下打鬥聲不止，刀光血花飛散——梁府護衛武功再好，也不敵那群整日在刀尖遊走，以性命相豁的殺手，不過片刻，六名護衛死了三個。

車夫躺在血泊中，一名丫鬟探出頭來，見狀嚇得面色發白，但仍勉力去拉韁繩，似乎想試著駕車。

一旁仍在抵抗的護衛瞟見，飛身過來駕車，方才替他轉移殺手目標的同伴，卻在這瞬間噴血封喉。

至此——六名護衛剩下兩個。

情況危急非常，雲琈咬脣，從懷中抽出面紗戴上，抽出腰間軟鞭，縱身一躍，一鞭甩向殺手，救了即將被刀芒割喉的護衛一命。

四人見雲琈突入，不約而同將刀尖對上她。

「來者何人，勿要多管閒事，速速離去！」

清風拂面，揚起她面紗細微一角，露出她好看的下頷，以及細膩的肌膚。

牡丹似的嬌豔容顏半覆，可那雙眼眸似笑非笑，眸底輕泛一抹肅殺冷凝。

「名字不足掛齒，可這些人，我護了。」

長鞭一揚，她趁著地面泛起淺微煙塵的時候閃身來到其中一人身後，匕首快速從左手滑出，銀芒甫現，一人倒地。

殺手大驚，注意力瞬刻被分散，梁府護衛見機不可失，駕了馬車快速駛離，只餘一名護衛與她一起禦敵。

殺手三人互相使了眼色，一人蹬地飛高，要越過雲琈頭頂前去追擊馬車，卻被她長鞭擊落。

這一來一往間，梁府護衛倒地，她快步飛奔上去，卻被後面那人絆住，一刀往胸前砍，刀尖同時噴出一股粉末。

雲琈連忙閉氣急往後退，長鞭再甩，斜刺裡倏地劃過冷芒，她旋身躲過，竟讓那三人從她眼皮底下逃脫。

她咬牙暗恨，從腰封掏出一顆雕花銅球往上空丟，玉臂一揮，鞭舌準確地打上銅球，轉瞬在青天白日下爆出流光。

足尖移踏，雲琈立即追了上去，打算以速度立決勝負！

不過幾息，她已追上那三人，他們加快了殺人滅口的動作，駕車的護衛在她到時，恰好被掐滅最後一口氣。

雲琈揮鞭抽去，沒有內力為輔的鞭子只能傷到皮肉，殺手悶聲一哼，提刀又砍過來。

「哪裡來這不知世事的女娃，我等受千面盜仙委託，前來取梁府家眷性命，妳是何人，竟敢與我等作對！」

她眯起眼，長鞭一響刷開對方遮面面罩，其餘兩人一拳一刀朝她發難，她往後翻身躍到馬車旁，唇角帶著冷笑。

「說我委託你們前來害命——那便讓京兆尹大人來一辨是非！」她話剛落，殺手後方就射來三支冷箭，分別射穿三人小腿，那三人身子皆是一晃。

箭矢飛來的速度極快，眼尾方瞧到箭影，箭矢已穿透軀幹——三名殺手心下大驚，頓時冷汗直流。

居然遇上了「見影穿楊」！

三名殺手不約而同望去，不知何時已有一小隊人馬出現——為首那人一襲出塵白衣，端得是俊美無匹，渾身氣息冷若寒霜，散著沉凝的肅殺。

百姓只知大煌定北將軍戚長君，武藝高絕、英姿颯爽，不知他箭術更是高超，發箭時往往才見箭羽，卻已在百步外穿楊，所以江湖人暗自替他取了個「見影穿楊」的稱號——

三人一愣，欲咬下後牙槽的毒藥自盡，卻被雲琈識破，一鞭橫甩，將兩人的下巴卸了，其中一人偏頭躲過，吞毒身亡。

「母親！」梁子玨匆忙駕馬過來，率先去看馬車內梁夫人的狀況。

戚長君率人下馬，十五與十六去處理那兩名刺客，十四趕緊過來查看雲琈傷勢。

「師姊傷著哪裡？」十四很是緊張。

雲琈身上的毒已被完全引出，如今稍有不慎，她體內潛伏多年的劇毒，會將她整個人摧殘殆盡。

她搖首，朝馬車比了比。「妳先去看看梁夫人，就算沒中藥物，怕也受了不小驚嚇……」

「可……」十四很為難。

「去。」她冷聲低喝，十四縮了縮肩，踱步過去。

戚長君這才有機會好好看她，見她鬢邊落下幾綹殘髮，順手將之勾往耳後。「也不多帶人就跑出來，還好敵方人數不多、我們亦尋到附近，不然……」

陸來的親密動作和話語讓她身軀一縮，心跳瞬間失序，卻不敢多想，趕忙轉移話題：「戚君怎麼……跟著一道來了？」

「我去梁君閣時，正好聽見他們說妳出來了。」

雲琈恍然卻又疑惑，看見那兩個被綁的殺手，她記起應當解釋一下：「戚君，這兩人說是受小女子所託前來害命的……事關梁大人，這些人便交由梁大人處置，只是畢竟他們誣陷的是小女子，若是方便，問審他們時，小女子想在場。」

她的要求合情合理，沒什麼不能答應的。

「好。」戚長君半側身，招手將身後那一群士兵喚來，吩咐他們清理現場。

現場的屍體很快被清理妥當，十四為梁夫人等人診治完，就來到雲琈身邊稟報：「只吸入一點毒粉，我已餵她們吃下解毒丹。沒有大礙，不過受了驚嚇，回去再吃幾帖安神的方子便好。」

「好。」雲琈微傾身指向被收攏在一起的屍體。「妳去看看他們身上的毒是什麼，我懷疑是無生門。」

十四雙目一瞠，提著小裙子跑過去。

「雲琈，多謝妳。」

梁子玨開口，她半轉回身，朝他淺笑，面紗遮掩下，唯見她微彎的眼眉。「不必客氣，所幸令堂無事。」

梁子玨看了她一眼，目光有些複雜。「我母親……想親口跟妳道謝。」

她一愣，婉言拒絕：「還是不了，夫人與小女子本無交集，舉手之勞罷了。今天之事，算給大人提個醒兒，可別再大意了。」

「……不論如何，多謝妳。」梁子玨也沒再強求。

戚長君問：「妳要走了？」不知何時建立起的默契，他已能從她的舉措猜出幾分。

「嗯。今日的藥還沒吃，回頭十三又要叨唸了。」

戚長君道：「我去同梁夫人告辭，與妳一道走。」

雲琈回：「好。」

戚長君抬步往馬車走，梁夫人不解過來的為何是戚長君，而他隔著簾子淡道一句「她尚有要事待辦，要即刻趕回」當解釋，又提了句改日上門拜訪，便轉身離去。

在戚長君背過身後，梁夫人撩開簾子一角，目送兩人相偕離去的背影，心中驀地一酸。

若是她的子鈺還在，與長君該是多相配的一對璧人啊……

她猶有些出神，恍惚中好像看見雲琈微側過首，眼眉溫和地朝她頷首淡笑。

明明是第一次看她，為何能給她一股熟悉感？

雖然未再回頭，雲琈也能感覺梁夫人的目光流連不去，她輕笑一聲，掩去眼底情緒，對上身旁的戚長君時，又是一派鎮定從容——

「……既然陳輝在隆城現跡，小女子即刻讓人將那處圈圍起來，來個甕中捉鱉。」

戚君可否搭把手？」

「自然。」他淺笑。

「那我們回去商討一下對策……梁大人還和我們一道行動嗎？若能，便讓他親手逮捕陳輝吧。」

「之後再知會他一聲便是。他不會半途退出。」

「好。」

◆◆

十七等在內院門口，一見到雲琈回來，趕忙迎上前。

雲琈問：「怎麼了？」待在門口，是有貴客來臨？

十七按下激動的情緒回答：「好消息呀師姊！六前輩與八、九前輩聯絡上了！兩位前輩現在人在前廳，師姊快跟我去一趟！」她語氣興奮，更甚動手拉住師姊的袖子，恨不得將她直接帶到前輩面前。

雲琈有些好笑，按住她的手。「冷靜些，我還沒吃今天的藥呢，小十三吩咐妳沒有？」

十七恍然地啊了聲。「有的，十三師兄怕藥涼了苦口，吩咐了的！師姊您先到前廳去，我去端藥！」話末，轉身匆匆跑走。

雲琈有些不好意思地對戚長君道：「讓戚君見笑了。大抵是憋悶太久，一聽見好消息就樂不可支了。」

戚長君倒不在意，微笑道：「的確是好消息。」

她笑了笑，與他一起往前廳走去。

前廳裡頭除了二師兄，還有兩位前輩。

兩人皆是一身青衣長衫，身姿修長挺拔，除卻髮絲有些微雪白之外，樣貌一點也看不出年紀，清俊出奇，且模樣有七八分相似。

雲琈微愣，隨即朝兩人疊手一拜。

「梁君閣雲琈，見過兩位前輩。」

兩人朝雲琈頷首，表示受禮。

左側的青衣男子道：「我倆乃九重博通塔八、九層的守塔長老，事情始末，雲公子已對我倆說過了。我倆在此謝姑娘對我師姪一片孝心，感激不盡。」

「兩位前輩不要言謝，當年若不是義父相救，阿琈未必能活下。義父死得慘烈，這冤屈，無論如何也不能讓他吞下去。」

八長老勾唇一笑。「這位，想必是大名鼎鼎的定北將軍了？」

戚長君輕頷首。「在下戚長君，奉聖上之命偕同梁君閣尋找血麒麟，欲將血麒麟歸還江湖。因江湖與朝堂素來互不干涉，聖上此舉乃是私下授意，兩位長老喚我名字即可。」

兩老一起朝他拱手一禮。「我等雖大戚將軍許多歲數，平生卻未能有戚將軍這樣的功勳和成就，大煌朝十幾載以來能舒服度日，多虧戚將軍一門忠烈，鎮守西北。」

戚長君抿脣淺笑，示意兩人不必客氣。「眼下長君身在江湖，還請兩位勿折煞晚輩。」

眾人入座，方才的青衣男子又道：「我守第八層，他守第九，雲姑娘叫我們八前輩、九前輩即可。」

她點頭，朝兩位道：「兩位前輩如今已知來龍去脈，想必小二也與你們說過我們的打算。」

八前輩道：「計畫可行，我們自當相助。」

九前輩笑道：「梁君閣少閣主不僅足智多謀，還善於揣度時勢，如此複雜的脈絡也能理清，不愧是……故人之後。」

雲琤連忙說不敢：「小女子所憑恃的，亦是義父愛護之心，否則哪裡有今日？」

她一頓，又說：「兩位前輩既然答應合作，這段時間且委屈前輩在此住下。因小女子尚有其他要事，就不陪了。」

八、九長老爽朗一笑。「不礙，有雲公子招待我們。」

他們看向二師兄，二師兄也點了下頭。「兩位前輩一路風塵僕僕，請隨我來吧。」

大事底定，他便領著兩人去休息了。

廳內頓剩雲琤和戚長君。

「這樣一來，等陳輝落網之後，必將前往開啟九重博通塔。」他說。

雲琈應：「嗯……不過憑三位前輩的號召力仍有不及之處，還需要一些門派與我們聯合，除了逼穆陀承認，也需要更多人見證。」

十七在這時入內，端著藥盅上前。

「師姊，吃藥了。」待雲琈接過手，她又說：「十三師兄涼好了。」

雲琈扯脣笑開。「貼心的小十三。」貼著脣，一口喝乾了。

十七小聲叨唸：「二師兄說的果然沒錯，十三師兄最疼的就是大師姊了……」

「吃醋呢。」雲琈輕笑一聲，以指輕叩她額間。「十四去找十三了嗎？我懷疑今日刺殺梁夫人的殺手跟無生門有點關係，需要他們佐證。還有，讓小七過來見我——叮囑他千萬小心，推翻穆陀在即，他絕不能暴露。」

「是。」十七捧著藥盅，領命退下。

戚長君已琢磨完她適才話意。「妳猜那批殺手是穆陀所派？」

無生門既然隸屬穆陀麾下，自當依他的指令行事。

「嗯。不是無生門人，也與無生門脫不了關係，更與穆陀有關。」雲琈抬首對他說：「戚君，見陳輝一事不可再拖了。最遲後日，我們便出發吧。」

「好。我回頭去梁府說一聲。」說罷，戚長君起身告辭。

「小女子送戚君。」雲琈起身走到他身旁。

戚長君抬手止住她。「不用妳送。妳不是要找兩位小神醫問事嗎，先去忙吧。忙完了早點歇息，後日又得開始奔波了。」

「送戚君不會很久……」雲琈小聲反抗。

「乖，聽話。」他輕笑一聲，抬手摸了摸她的臉。

她倒抽一口氣，頓時紅霞飛頰。

「知、知道了……」

笑聲一陣，這次的笑聲被他壓低在胸腔，共振出來的音色低迴在她耳畔，既磁又酥。

雲琈以為戚長君會轉身就走，沒料到他竟上前半步，湊近前與她說話：「我回頭收拾一下就過來，後日與妳一同出發。」

「嗯？」過來？住在粱君閣嗎？她一驚，瞠目看他。

這模樣逗樂了戚長君，又教心頭軟了寸許，忍住在她額上落吻的衝動，他輕輕捏了捏她紅透發熱的耳朵，帶著笑意轉身離去。

燒紅一張臉的雲琈無措地站在原地，好半晌才恢復平靜。

◆◆◆

二師兄見戚長君走來，便往前兩步，比了湖中亭。「可否耽誤戚君一會？」

戚長君道：「可以。至今仍不知閣下如何稱呼？」

「在下姓雲名景湛，我們在閣中素來以排行行走，戚君叫我雲二亦可。」

戚長君頷首，從善如流。「雲公子想與我說什麼？」

「依阿琈的性子，恐怕這一兩日就會動身去找陳輝，這一路上……勞煩戚君多加照顧了。」

這句叮嚀讓他想起這幾次來梁君閣，總是看到雲琈或喝藥或包紮，他心中有疑，幾番試探卻都被她避過……

「這是自然。」戚長君定定地盯著小二，問他：「有件事不解，還望雲公子為我解惑。」

小二不疑有他。「戚君請講。」

「阿琈遭六前輩誤傷，真沒有引起什麼暗傷？若是沒有，那十三讓她按時喝藥，又是為什麼？」

小二一噎，沒有說話。

這傢伙是火眼金睛嗎？這麼有默契，不當夫妻太可惜了。

戚長君見小二語塞，並不打算停止追究，繼續說：「十八年前伏氏慘遭穆陀迫害，劇毒四散害了無數百姓，阿琈若在那時被他收養，極有可能與他中了同樣的毒——所以，阿琈亦身中『玄武』或『龜涎』，是嗎？」

見他一字不差地推論出來，小二瞠大了眼。

不用他回答，戚長君也知道自己說中了，當下心坎一窒，喉中發緊，嗓子喑啞：「……她現在……是毒發了嗎？所以才需要藥湯壓制？」

小二無語問蒼天的同時，也想狠狠抽雲琈幾鞭。

叫妳在戚君面前肆無忌憚！露餡了啊！這下不據實以告，戚君絕不會放過他！

戚長君見他不語，不打算喘息地又道：「毒發的原因是什麼？手臂上的傷口？」他能想到的即是那傷口，針扎不應該那麼久還沒好，何況小神醫們用藥，必然是最好的……當初她說是怕留下疤痕，但針疤本就極淡，除非，其中還有難言之隱。

而那個隱，就是六前輩。

他能知道阿琈身上有傳承，是因為誤傷她，那自然有極大的可能，是因為此舉導致她體內劇毒被引發。

都說到這個分上了，再掩下去就是欲蓋彌彰，也沒必要……小二嘆了口氣，只得如實承認。

「……是。」莫怪阿琈說別試圖欺騙戚長君，除非能將所有他能知曉的證據全都抹消，不然就別妄想。

戚長君心一緊。「那麼，阿琈她——」

「師姊狀況還沒有到最糟的地步。她用內力壓制，多年來毒僅是潛伏在體內。那日是受前輩銀絲影響才誘發體內毒性……所幸發現及時，暫且用藥壓了下去。但這樣一來，她就得格外注意周邊狀況，毒素若再被引發，便不能輕易再壓下了。」

「血麒麟能解？」戚長君問。

小二沉默了下。「若依傳聞，可解。所以眼下我們要做的，就是在阿琈毒發前，趕緊把這事辦完，拿到血麒麟給她解毒。」

戚長君頷首。「好。這一路上，我會親自照看她。」

得到這句承諾，不知為何，小二的心情不鬆反緊，掙扎了少頃，他才說：「戚君與京兆尹大人是多年好友，想必多少知曉阿琈來歷，她自小沒有親人，所以對閣裡的師弟妹很是看重，又因伏氏受屈一事，挑起了許多重擔。她是個苦姑娘，若戚君對阿琈沒有男女之情，也請看在她對你痴心一片的分上……別傷她。」

戚長君眉尖一挑，不甚明白對方所言，卻同意他所說。「阿琈是個令人心憐的女子。」

小二聞言，眉頭擰起。「若你對阿琈只是憐惜，不含半點愛意，那就趁早收了這個心吧。阿琈心傲，寧願一輩子守著你、得不到你的心，也不願你憐憫她。」

戚長君莫名地瞥他一眼。「我心憐她、疼惜她，想呵護她，如何就沒有男女之情？我自認是個冷情的人，未想過大愛到拿自己的終身去報答。」

既如此，他就放心了。

小二鬆了口氣。「如此便好。阿琈她一心戀慕你，在你毫無所覺的日子裡已看了你許久，要不是此次你與血麒麟扯上關係，她想把你從裡頭摘出來——否則你這輩子，都不會看見她出現在你面前。」

「……為何？」這個問題，他私下也曾想過，然而話不曾說破，心就沒有那股鬱痛，如今被點破，那種鬱悶感又襲上心頭。

小二垂下眼，緩道：「她一心念著復仇，不知自己前程如何，所以不敢接近你。

身分不配、時機不對，縱你想靠近她，她也十分掙扎……可是她看著你那麼久，說對你完全沒有私念是騙人的，但她依舊很小心的拿捏這之間的分寸，絕不想給你帶去半點困擾——我說這麼多，只是想讓你明白，阿琈她不似你面上看到的這樣。有些東西，你要用『心』去看。」

戚長君陷入短暫的思忖，半晌頷首。「我曉得了，多謝雲公子相告。」

「當年伏氏被武林江湖人士追殺，曾害得多名幼少淒楚慘死，活著的也無家可歸，身中奇毒……卷宗上唯有隻字片語，不是當年之人，不懂其中慘烈……阿琈便是其一，故她報仇心切，或許有些執拗，也請你不要怪她。」

「……我不會。」

他心疼她背負那些尚且不及，又怎麼會怪她？

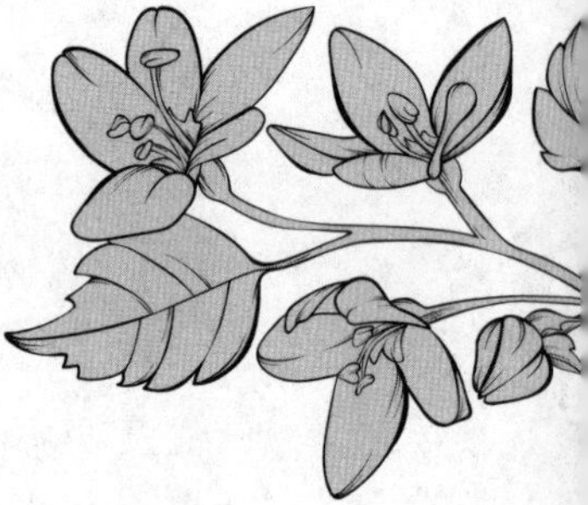

十二章

戚長君派人盯住陳輝後，底下的人十分盡責地將人留在勤安，不讓他繼續北上，這撥人和雲琈買通的殺手連成一氣，逼得陳輝進退艱難，一直耗到雲琈等人到來，都未能離開一步。

他們輕裝上路，整頓好後連客棧也沒進，挑了間茶樓，坐在可觀察目標的位置上討論狀況。

「……周遭地形不利圍住他，不若將他逼到城外？小女子撒個網擒他？」

戚長君將茶斟進她的杯子，推過去。「不用這麼麻煩。」

她不解地轉頭看他。

「這件事與朝廷有關，人手可由我和子玨分配，至於將他逼到城外……」他頓了下，垂眼思考。「帶到城外暗地裡捉住他與在光天化日之下抓住他……哪一種更能為妳洗刷汙名？若沒有驅趕到城外的必要性，我便不考慮。」

雲琈一怔，心頭湧上暖流，下一瞬便笑了。

「可若將陳輝留在城內，怕是會波及百姓。」她提醒眾人：「陳輝一人便懷有百家奇技，就算沒有無生門相輔，對尋常人來說也極為危險。」

戚長君捏了捏眉心，倒真忘了這事。

他對她的上心不覺地越來越重，難以分心思考其他事。

雲琈眼神略有擔憂。「戚君累了吧，待會回去好好歇息。」她趕忙補上一句：「小女子沒關係，小女子不累。」

他皺眉，不信對方的言詞。

自宛縣回來後她就一直沒好好休息，除要追查陳輝下落，與血麒麟相關的動向、布局，她都不曾停下半分，說不累，誰信？

可又或許，這樣的疲累重擔壓在她肩頭多年，她已感覺不到了吧？

「血麒麟一事畢後……妳有何打算？」

「不知。」嘴上說不知，但她早已做下決定，待身上事務一了，便要追隨他、護他一生安好。

戚長君沒有繼續追問，隻身前往衙門辦事。

雲琈離開茶樓，卻發現角落有個衣衫破舊的孩子縮在那裡，不知捧著什麼，怯懦地瞅著茶樓的人吃東西，不時嚥嚥口涎。

她心中一動，似乎看見當初的自己，抬步往前走去。

戚長君完事歸來時，見到的是雲琈和一個孩子蹲在牆邊的景象。

那孩子看起來並不乾淨，可她沒有半點排斥，臉上盡是溫和笑意，不知與對方說了什麼，竟笑著拍了拍他的頭，而後從懷中掏出一個小紙包，那個孩子猶豫半晌，最後仍是接走，給了她一個笑容，然後抱住她的脖頸。

她似乎沒料到孩童的舉動，但下一刻立刻回摟過去，雲琈又叮嚀幾句才放開他，目送他離去。

她一直蹲在那裡看著，不知道望向何方……

「阿琈？」

雲琈眼光朦朧，直到一片陰影擋住她，她才仰首——是他。

恍惚中，兩道人影重疊一起。

幼時的他與成年的他。

見對方沒要起身的意思，戚長君遂蹲身與她平視；她眼神仍有幾分迷離，他只好又喚了一聲。

雲琈這才完全回過神，朝他淺笑。「沒事，想到兒時的事罷了。那日很冷，到處白茫茫一片，小女子在牆下張望，想找個好心人給義父看病……但是遭人嫌棄，好不容易有點碎銀，又遭強搶……那個時候，是戚君出手相救。」說著，眼兒又有些迷濛。

他俊眉微蹙，心有些疼，「遭人嫌棄」四個字，如針扎進胸口。

雲琈恍然不覺，陷入回憶裡。「當時小女子就想，這人真好看呀，我長大了要報恩的。後來……義父死了，在師父找到小女子前，倒是先與戚君相遇了。」

她敘述的口氣平穩，卻聽得他心腔波濤翻滾——這就是他想知悉，她卻不曾傾吐的過去。

「義父死後，小女子賣身青樓當粗使丫鬟，青樓的姊姊為了討好貴人，便將小女子送上他床榻，小女子抵死不從，費勁逃出來，卻半路就被抓住，按在地上用鞭子抽了個半死——也是戚君救的小女子。後來，師父便帶著小二來找小女子了。」

戚長君眉尖緊蹙，彷彿呼吸困難。他想將她攏進懷中，哄她不要難過，但她的嗓音仍不止：「那時，小女子便想，這個人救了我兩次，既然兩次都救了我的命，那麼，我的命就是他的。」這一剎，她好似才回神，顫抖著睫羽眨了眼，看向他的眼神溫柔，隱隱潤著水光。

所以，她才說——性命相送。

戚長君再忍不住，伸出手將面前的姑娘摟進懷裡。

幾番兜轉，命運又將她送到他面前——這次，他會好好護著。

◆

兩人並肩走回客棧。

人力部署好後，剩下的便簡單多了。陳輝被他們的人盯緊，只要不出意外，一切皆在計算之中。

一路上說著話，方才戚長君陡然擁抱住她的異樣氛圍，已漸漸散去。

戚長君本就話少，再加上雲琈一直都在暗處守著他，對他的事情瞭如指掌，故這一路便是雲琈在言，戚長君傾聽較多。

「……梁君閣旗下還有其他產業的，只是小女子身法較好，夜間取物這事兒都是小女子在辦……」

「閣內的師弟妹多是孤兒，或是幼年失了父母的……因是小女子帶回來的，所以比較聽小女子的話吧……」

說完粱君閣的人事物後，戚長君忽然問起她遇過最奇怪的案子是什麼，雲琈一臉複雜地瞅著他。

他不明所以，輕聲問：「如何？」

「戚君真要聽？」

戚長君反倒來了興趣：「說來聽聽。」

「……盜戚君。」

嗯？戚長君凝睇她，想要再次確認。

她卻認真且不容質疑地點頭。

「戚君沒聽錯，就是讓小女子上西北，去將你偷回來。」說完，她厭惡地皺起眉頭，像是自己覬覦很久、連碰也捨不得碰的珍寶，卻有人公然要搶，還叫她搶完後把人送過去……

怎麼可能！

她那麼想要都不敢去偷了，怎麼可能幫別人偷！給她一座黃金蓋成的粱君閣也不偷！

已習慣被人虎視眈眈的戚長君表示不在意，雖然這樣直接大膽的案子，仍是驚嚇到他，可看見雲琈的表情，他心內那股隱約的彆扭和不適，皆瞬間散去。

戚長君輕笑出聲。

「妳不偷，真是太可惜了。」

什麼意思？

雲琈還不及做出反應，他已接了下句——

「如果是妳，不需動手，我必毫不反抗地跟妳走——心甘情願被妳所盜。」

她只覺世界滿是他溫柔寵溺的笑顏，內心震盪不停，掀起澎湃烈火煙花般的白燦茫然，炸得她秀顏彤紅，眼前一片發白。

「戚、戚君……」她不僅身子繃緊的厲害，連嗓子也如抖篩糠：「你、你……」剛剛說了什麼——

戚長君面容一肅，微皺起眉尖，伸臂摟過她的腰往後躍了幾步。

空氣中漫起一股肅殺的血腥，適才的旖旎散得一乾二淨。

他沒有佩劍出門，卻也十足戒備，將她護在身後。

雲琈按住腰間的軟鞭，打算一有不對就護他離去。

一聲巨響從斜刺傳來，一名黑衣人被拋到街旁的攤子上砸壞了物什，重重落地後噴了血，歪倒氣絕——接下來左方、右前方紛紛顯了動靜。

四周傳來尖聲叫喊，百姓倉皇奔逃。

陳輝一人和四名黑衣人纏鬥，毒針暗器、軟鞭長劍各自使得虎虎生風，招招連貫，不落一絲分毫。

即便少了一個幫手，對那四人也無甚影響，輪番上陣消耗陳輝體力。

戚長君護著雲琈退後。

那銀針上不知是否淬了毒，她的安危更重要。

「是穆陀的人！想必他得了消息，知道我們要拿了陳輝，拚著在我們之前取他性命——豈能如他所願。」雲琈拉住他的衣袖，湊上前在他耳邊低語。

那溫熱帶點馨香的氣息，從耳廓處漫到鼻腔。

不過幾息之間，她已飛快在腦中擬好策略。「趁此時，將他們引往城北吧，那裡是片荒漠，平坦無邊，雖無處藏身，卻也好躲過暗害。」

而且，還能讓這城中百姓不受波及。

戚長君同意了。「讓子玨調派衙門人手。」

「這就發信號！戚君當心。」

雲琈話落，戚長君便往前一躍，打破了四對一的僵局，雲琈當即掏出兩顆銅球，往上一拋並執鞭打碎。

白日焰火，流光豔麗。

扔出信號之後，她亦縱身加入戰圈。

不過陳輝認得她的身手，在與黑衣人對招的同時竟趁機朝她補刀，戚長君出手相助，你來我往的，形成了一場亂鬥。

在客棧待命的十五見到信號臉色大變，趕忙去敲十三和梁子玨的門。

「師兄、梁大人！師姊發信號了！緊急求援！」

事情並未如戚長君與雲玗預想。

陳輝好似知曉他們的打算，邊戰邊退，不受引導，也不被黑衣人干擾，一路同他們纏鬥。

生死相關的打鬥激起了他的求生欲望，再加上和他交手的人，哪一個不是武功高強、身懷絕技？戰了幾輪，他體內那股長年被壓制的嗜血瘋狂戰意噴薄而出。

一個黑衣人悶哼一聲，從空中掉下去，摔出了一身血。

少了能見縫插針使暗器的對手，陳輝可發揮的空間又大了。

他手中所執之劍出了豁口，他當即丟棄不用，從腰上扯下了九節鞭。

雲玗黛眉一擰，足尖點跳，落在戚長君身側。「戚君小心！陳輝這九節鞭關竅不少，是暗殺門派中的祕寶！」之前有人委託梁君闍去取，他們一直不知下落，不曾想竟在他身上——

許是九節鞭太過厲害，兩人說話間，黑衣人竟然被解決掉了兩個，餘下的那個捂著手臂，血珠順著指尖滴落地面。

此時陳輝漫天的殺意已掩不住，抬手舔了虎口處的傷痕，癲狂神色畢現。「很久沒人將我逼到這個地步了……真好的本事，讓我殺個盡興！」

戚長君眼色一沉，對雲琈道：「我纏住他，妳伺機行動！」

「好！」

倏地，僅存的黑衣人拚盡全力朝陳輝襲去，陳輝急退，一鞭甩出，黑衣人側身避過，陳輝亦與他的攻擊擦身化過——豈料，九節鞭最後一節驟然轉了方向，從黑衣人背心穿透前胸！

陡來的變故現在眨眼之間。

戚長君撿起陳輝棄之不用的長劍，一劍風刃打了過去，恰恰阻了陳輝直往雲琈的攻勢。

與此同時，援兵也至。

「長君，接劍！」

陳輝卻掃來一鞭，欲打走拋向戚長君的劍，雲琈揮鞭擋下，縱身躍至戚長君身旁。

可中途九節鞭最後一節脫落，往梁子玨的方向飛去，戚長君直接推了一道劍氣過去，鞭子雖被掃歪了角度，可仍未止住勢頭。雲琈腳尖一旋，眨眼來到梁子玨身前伸手推開了他——

鞭子穿透她左手小臂，血花濺灑。

變故就在剎那，沒人反應過來，梁子玨被那鞭影重重晃得眼暈，根本未能察覺殺招已至眼前，而雲琈為了救他，挨了一道傷。
戚長君拔劍挺身迎了上去，十五亦上前纏鬥。
梁子玨回過神來，湊到雲琈面前，有些想不通對方為何奮不顧身要救他。
雖然她們現在是合作關係，但之後可是官與匪的勢不兩立——她難道是看在長君的面子上？
「沒事，沒毒。」受了傷，雲琈的嗓音有些喑啞低沉。
「還是吃顆解毒丹保險，這手……傷到筋脈了。」十三單膝跪在雲琈面前，扶她的手臂擱在膝上。
雲琈面色蒼白，發覺梁子玨目光落在她身上，便問：「梁大人無事否？」
「無事，方才多謝妳。」梁子玨乾乾地道。
雲琈微扯出一笑。「不謝。」瞧出他的疑慮，她沒多說，轉了話題，任由十三為她處理傷口：「梁大人不上前幫忙？」
「不用。」梁子玨回了她一聲，眼光落在雲琈身後的官兵。「這裡的士兵也沒有長君會打。」
她明白他的意思。當初上衙門去是欲在城內圍捕陳輝，為避免誤傷百姓才要借兵，可眼下都鬥到城外了，一陣纏鬥後陳輝已是強弩之末，再撐也沒多久，只要有足夠的士兵押送他進牢便夠。
「師姊，十三要將傷口挖開上藥，會有些疼……」

「嗯。」

梁子玨只見她手臂血肉模糊，連他一個大男人看著都覺得疼，可她居然只是悶哼一聲，將脣咬得發白，也沒有叫。

他不忍再看，心中卻有不明的情緒在翻湧。

這目光一錯，陳輝手中的九節鞭已被戚長君收了，十五一腳踢往他後膝，動作迅速地卸了他幾處關節，並點了穴，士兵收令趕忙上前綑住人。

梁子玨上前指揮士兵，又跟戚長君說了幾句，就走了。

戚長君拎著九節鞭走來，十三已清好傷口且上藥包紮，雲琈被扶著站起。

「能走嗎？」

她頷首，向他咧開一笑。「能。」說著，將手中軟鞭別回腰間，朝戚長君伸手。

「給。」戚長君知意，將九節鞭放到她掌中。

「多謝戚君。」她笑。

十三瞥了眼，朝十五使了眼色。「我先回客棧替師姊熬藥，師姊，就勞煩戚君照顧了。」

「嗯。」

兩人共乘一匹馬先行，餘下一匹空馬。

「上馬吧。」戚長君扶她上馬，自己則拉著韁繩，牽著馬兒往城內走。「終於結束了。」

回客棧當晚，雲琈發了高燒。

戚長君和十三輪番守著，等她退了熱之後又養了兩天，才啟程回京城。

梁子珏因怕有失，捉到陳輝的翌日早晨就帶著十五一起將他押送回京。

抓陳輝的同時，小二亦和八、九長老商討部署對策，到如今，一切已是萬事皆備。

第一步，就是策反玉虛宮。因玉虛宮的地位，其宮人在穆陀麾下算是核心高層——要策反他們，雲琈打算用十三、十四身上的身世。

玉虛宮宮主血脈遭穆陀所斷，卻仍受穆陀控制，乃是因為十八年前宮主與副宮主受傷不知所蹤，尊者之首的天樞亦中奇毒，以致長年臥於病榻，全靠無生門吊命；為了保住天樞尊者性命，其他尊者只能受要脅，聽命於穆陀。否則已傳承數百年的玉虛宮，便會消散於一旦。

然而六年前雲琈四處闖蕩時，在一處偏鄉受人所託，帶走年僅七歲的十三、十四，還讓他們入了梁君閣，以待之後尋找適當的機會重回玉虛宮。

雲琈不知拜託她的人是何身分，只猜十三、十四的身分不簡單——後來，十三、十四親口證實他兩人為宮主之子。

既然有這樣的兩人在，又何愁注重血脈傳承的玉虛宮不反？被穆陀積壓的怨怨，是時候爆發了。

十三、十四也是當年的受害者，且這幾年他們雖不念著報仇，心裡卻是極恨穆陀的。

有了他們，第一步就穩了。

聽著八、九前輩和小二叨叨絮絮地說著話，雲琈捧著藥盅，秀眉微蹙。這些日子，她吃的湯藥比之前都要多，偏偏又不能不吃……

素來天不怕地不怕的雲琈，頭一次為了頻繁吃藥這事兒犯愁。

小二正和戚長君討論事情，饒是如此，戚長君的目光並未離開雲琈，見她皺眉，溫聲說了句：「喝了藥，待會吃顆松子糖便不苦了。」

聞言，她不再做無謂的掙扎，仰頭一口將藥汁喝了。

戚長君隨即遞來一顆松子糖，雲琈自然地接過吃了，意識到戚長君所處的位置，她眸心幾不可察地一縮。

戚長君就坐在雲琈身側，與她一起在主位上頭——自她從勤安回來後，每次眾人議事，戚長君皆在她身旁坐下。

雲琈心中有些奇怪，隱約有種感覺……

但她不敢再多想。多想，就會有期盼——眼下，她不適合有任何期待。

小二沒注意到雲琈的神色，自顧自地說：「依阿琈現在的身子，傳承只能等解毒之後再說了。眼下小七已通知那些那些隱在各門派的暗樁，穆陀手下的玉虛宮也在掌控之中……八前輩已下了帖子，到時，諸多門派的長老、前輩還有尊者皆會到場。」

話畢，他仍有些不放心地瞧了雲琈一眼。「妳的身子，要不要再養幾日？小臂的傷還沒好全呢……」

「不，諸事至此，已沒有理由耽擱了——我等這一天等太久了，巴不得明日就把義父牌位供到九重博通塔裡。」

戚長君安撫地拍了拍她手背。

小二道：「我知道了。那就三日後，九重博通塔前——推翻穆陀的盟主之位，為我……父親，洗刷冤屈！」

◆

天際處只有一層薄色紫曦疊著夜色，粱君閣一行人已聚集在九重博通塔前，八、九長老遙望著前方巍峨的高塔，目光深沉複雜，說不清是感嘆還是淒茫。

九重博通塔立於高崖之上，從遠處看，高聳入雲、莊嚴氣闊，層層疊疊，恍若天梯。外觀雖似佛塔，可比起佛塔的端莊沉斂，它偏生多了股睥睨的豪氣，震懾一方。

高崖三面環海，唯前方一座陡峭石階可攀爬上去。

天色不明，耳邊唯剩風浪拍擊石頭的聲音。

「各位，我們先行吧。」八長老望向眾人。

雲琈淡應：「行，等會兒那些門派也就到了，我們上塔門前候著也好。」

這話一落，八、九長老率先飛身而出，化作兩道青芒，雲琈和戚長君幾人隨後跟上，數道暗影先後奔向九重博通塔。

九重博通塔上朱漆巨門聳立，眾人在它面前，皆似俗世塵埃，渺小且卑微。塔門前並未有守衛，四周流淌沉靜肅穆的氛圍，讓人不敢輕易褻瀆，連跨出一步亦顯得困難重重。

彷彿一絲不敬、一絲輕浮，都是罪過。

雲琈深深凝了一眼，緩緩跪拜，頭叩手背，每一個舉措都鄭重恭謹。

小七見狀，隨雲琈做了一模一樣的動作。

待做完這些，武林盟主穆陀和受邀的門派陸續到了。

這次響應號召前來的，只有各派掌門人或長老，饒是如此，人數也近百人，聚在塔前的皆是江湖中屬一數二的大人物，小門派門人則在高崖下等候結果。

穆陀一襲竹青衣袍緩步走來，身後跟著兩名高大的護衛，長年依附他的門派掌門人亦尾隨於後。

他見著八、九長老以及雲琈一行人時神色如常，即便明白這一連串的事情皆是他們惹出來的，也不曾面露猙獰，而是用看待小輩一般的眼神，緩緩巡視雲琈等人。

「兩位師叔多年不見，別來無恙？」穆陀上前幾步，與後頭的人拉出一段距離。

八長老神色不明，只淡道：「託福，一切無恙。」短短一句，撇去他攀親帶故的寒暄，言詞冷淡。

穆陀也不惱，畢竟是他棋差一著，沒能在兩位師叔回來時將之滅口——好不容易逮到行蹤，又教人溜了去！

目光一轉，他對上方才就直咬著他不放的視線。

那女子身姿修長，站得直挺，一襲雪青色的衣裙在風中飄揚，如晨曦未明前清淺細緻的顏色。豔若牡丹的姿容，端得是霜雪寒凝的神情，可一點也不減她的風采。似水仙，卻是真牡丹。

他勾脣一笑，乍看和藹的眼色，眸心深處卻藏著沉沉的殺意。「這位，便是鼎鼎大名的千面盜仙——雲琤吧？久仰大名。」

雲琤只冷冷一笑。「小女子擔不起這聲久仰，寒暄就不必了，穆盟主事務繁忙，只怕沒有多餘時間陪我等閒耗，還是趕緊將此事辦妥為好。」

穆陀也不在意她的冷言冷語，半側著身子對八長老道：「說到這事，還想請兩位師叔給本座一個說法。當年大亂，為穩定民心，玉虛宮和幾位長老扶持本座接下盟主位，十幾年來，本座兢兢業業，縱無功，也無錯。然而，兩位師叔卻聽信江湖流言，偕同梁君閣來脅迫本座……師叔，雲琤之前才殺了第二層守塔人，其狼子野心有目共睹，你不幫自己同門師姪，竟信外人抹黑之論！」

八長老不悲不怒，面色一片平淡。「吳尚書是誰殺的，你心裡有數，是抹黑還是事實，開塔不就明白了嗎？你既是盟主，又有諸多掌門為你作證，除了我倆身上的鑰匙，其餘的鑰匙都在你手中，你若想開門，想來不是難事，不過舉手之勞罷了。老朽只求一個真相，盟主連這點心願也不願成全嗎？」

穆陀眼瞳一縮，暗暗咬了牙，身上霜意更重，面上仍是微笑。「倒不是不願成全。只是師叔不知，十八年前因師弟一事，導致血麒麟丟失造成江湖大亂……這九重博通塔的守塔人或重傷身亡，或失去蹤跡，雖然本座已遞補人手，但鑰匙有缺——縱是本座，也無可奈何。」

好一個無可奈何！事到如今了還要裝！雲琈瞇起眼，袖內的手握成拳，微微顫抖著。

戚長君安撫地握住她的手，彎身在她耳邊輕言，她側眼睞了他一眼，他便放了手。

「梁君閣受人所託，一直在找九重博通塔的鑰匙。前些日子取得第一層的鑰匙，願雙手奉上，得一個成全。」雲琈從懷中錦囊內掏出鑰匙，放在掌中讓眾人看清楚。

穆陀沒有說話。

而雲琈在等穆陀說話——敢不敢在這當口，再狡辯一句！

她料他是不敢的。

畢竟這當口，陳輝在京兆尹手中，八前輩方才已暗指他曉得誰是殺了吳尚書的凶手，給了穆陀面子，穆陀要是再以此攻擊她，就是逼他們將證據直接揭露！

穆陀微微瞇起眼，那始終掛在臉上的溫文和善面具，終於有了絲微崩動。

半晌，他不緊不慢、面有難色地道：「不是本座不願，而是除了第一層之外，第三層的鑰匙亦已下落不明許久，十八年前就已……就算有了這把鑰匙，只要第三層開不了，其餘皆是妄想。」

雲琈聞言，脣角勾了勾，螓首低了些許，巧妙地隱去脣邊眼裡那抹譏諷。

八長老看不下他推託之態，從懷中拿出了鑰匙。「不用妄想。老三保管的鑰匙，在我這裡。」他一頓，拇指緩緩往旁錯開，又是一把鑰匙！「還有……第六層的鑰匙，也在我這。」

這句一落，穆陀強自按下的焦躁內心終於崩塌了。

一直行蹤不明的第六層守塔人……果然是落在他們手裡！他收拾了萬般情緒，忍住欲氣急敗壞的怒吼，一雙眼含著冰渣。

將在場與他作對的人，徐徐巡視一遍，他暗暗磨了磨牙，想起自己的計畫，又忍下這口氣。

短短幾句交鋒，足夠讓他明白現下的處境。

不能硬碰硬——就算他能立即下令圍剿梁君閣一干人，卻不能動戚長君和京兆尹以及兩位師叔。

穆陀道：「既然天都助你們，本座自然也不能不成全。不過，九重博通塔不是誰都能輕易上去，既要開塔，本座定和兩位師叔一道。」等到了塔內，事情還不都由著他拿捏嗎？

雲琈正要反駁，八長老立刻接話說：「我與阿九先行進塔掃蕩一番盟主再進來吧。當初師兄交接下來時，守塔人還是上下一心的，不知怎麼師兄一走，裡面什麼妖魔鬼怪都能進了……」

又是一番明針暗刺。

穆陀面色自然地挺了挺身子，下巴微仰的姿態頗有種居高臨下的傲氣。「既然如此，便勞煩兩位前輩了。」左右不肯承認他，那便不用客氣了。反正早在多年之前，他已擔上了欺師滅祖的罪名。

終於等到他這句，梁君閣眾人皆微鬆了口氣。

但在還未見到血麒麟並將他從盟主之位拉下時，所有的戒備都不能放鬆。

八、九兩位前輩走到穆陀面前，確認鑰匙無誤後將之取走，轉身朝九重博通塔前去，臨行前與雲琈一行人擦身而過，幾人交流一個眼神，轉瞬即逝。

穆陀目送兩人進塔，嘴角緩緩拉起一抹冷笑。

「趁兩位前輩進塔，我們不若來聊一會，如何？」他目光灼灼，盯著雲琈時陰暗沉晦，似有暴風凝結。

「梁君閣少閣主——雲琈，或者，梁國公府大小姐？」

十三章

沉沉的一句，宛若九天落雷，劈得在場眾人一愣又是一驚。

尤其是梁子玨和戚長君。

梁子玨眼睛大瞠，直直瞪著雲琈，想從她臉上看出個花來。

但雲琈面色如常，毫無異樣地勾起脣弧，似笑非笑。「此梁可非彼梁。小女子是梁君閣少閣主不錯，但小女子何時成了『梁國公府大小姐』？這公府千金的身分多金貴呀，小女子怎擔待得起，盟主說笑了。」

穆陀定定地看著她，也笑了，渾身一派鎮定，亦不像胡亂指證。「是或不是，妳自己心裡有數就行。」

雲琈沒有說話，笑意淡了許多。

梁子玨卻不願再聽啞謎，瞇著眼問：「這到底是怎麼回事？」

穆陀不疾不徐，卻強硬地介入：「十八年前，伏義在安業寺引起騷動，為了能順利脫身，劫持了梁國公府的馬車……梁府護衛拚死一搏，雖讓夫人免於危難，卻丟了小千金。這個人質，一直被伏義捏在手上，後來他身死，姑娘便輾轉流離，再遇梁君閣閣主被其帶走——」他頓了頓，又說：「梁大小姐，妳出身高貴又受父母寵愛，卻因伏義一人功利之心，年少便與家人分離，跟著他顛沛流離無處安家，甚至淪為乞兒——妳一點也不怨他嗎？」

穆陀一字字宛如刀剜，梁子玨只覺心頭滲血。他目光有些愣怔地移向身側那個挺著背脊、傲然站立的女子。

他見過許多她對乞兒的愛護，他曉得那是因為她兒時遭遇，那時對雲琈，他尚有憐憫，如今在知道真相之後，不免心如刀割。

記載雲琈過往卷宗的內容，再次浮躍於心。

他的妹妹，父親、母親的心頭血，這些年來，過的是這樣的生活——竟是這樣艱辛長大的。

雲琈的眼光巡過梁子玨，在戚長君的臉上停了一會，最終落在穆陀面上，不緊不慢地道：「我為何要怨他？義父教養我、愛護我，我為何要恨？冤有頭債有主，安業寺的騷動是誰挑起的，穆盟主難道心裡沒底？顛倒黑白、撥亂是非，倒是厲害！」她倏地朝旁邊一指，二師兄不知何時到了，站在幾人圍成的圓圈邊上。

雲琈仍怒。「他的牌位在那裡，你敢否朝天地鬼神立誓，你所言沒有半分虛假！」

穆陀側眼瞥過，一抹頎長身影捧著一塊牌位，如松柏佇立，那眼眉，模糊間竟有幾分熟悉。

「當年你把他逼入死地，將他凌遲而死，你怎麼這麼狠的心……他敬你是兄長，從不與你爭，甚至只要你開口，這盟主之位，他能雙手奉給你！可你怎麼待他的？穆陀，你還是人嗎！」最後一句，咬牙切齒。「面對生人猶能自欺欺人，但對鬼神你豈敢！天理昭昭，九泉之下，你有何顏面去見你師父！」

「住口！」穆陀大喝。「他為一己私欲將血麒麟賣給朝廷，所幸蒼天有眼，讓本座親手制裁了他，不令師門蒙羞，本座何錯之有！」伏義的牌位在前又如何？之前沒怕過他，之後更不會懼他！

「強詞奪理！」小二一喝，被此番顛倒是非的言論氣極。

本來他們的對話便無刻意壓嗓，且在場諸位內力深厚，隨著他們對話益發激烈，音量壓制不住，話中內容不用刻意為之也能清晰入耳。

十八年前的舊事雖早有傳言，但不知其中彎繞……如今，這兩人的對話倒讓人品出了不一樣的味兒。

眾人垂下眼，心驚卻佯裝不知，靜觀其變。

「……你是何人？」穆陀瞪著小二，心中隱約有了猜測。但就他所知，伏義平生只得一女，還死在了他手中，絕無可能再有血脈留存於世！

待小二走近——他捧在懷中的那塊牌位，還有他的眼眉，盡收穆陀眼底，引他神色有幾分戒備，心中那股荒謬也越來越大——

「伏義之子，雲景湛！」他走到穆陀面前，將懷中的排位又拱高了些。「穆陀，你好生看看……拿了他的命又禍害無數百姓的這個位置，終究是要還的。」

「他死不足惜……」穆陀瞇起眼，恨恨地瞪著雲景湛，目光在掃過牌位時毫不猶疑。

雲琤見他猶不悔改，更為伏義不值。「穆盟主在真相未明之前，自然會詭辯不認、萬般掙扎。希望真相大白後，你猶能狡辯。」

穆陀一愣，陰惻詭譎地笑了。「本座即是真相，還需要大白什麼？」

戚長君俊眉一皺，立即往九重博通塔看去。

雲玶心下一緊，也意識到了！

博通塔第七層忽然炸出一陣白煙碎石！

「怎麼回事！」爆炸引得地面起了一小波的震顫，梁子玨注視著方才晃動了一下的寶塔，卻被穆陀的輕笑出聲，引去了視線。

在場所有人都一樣，本來驚懼地盯著高塔，卻在梁子玨這聲質問後紛紛看向穆陀。

「阿玶？」戚長君扶著雲玶，低低詢了一聲。

雲玶面色蒼白，按著戚長君的手臂站穩後，戚長君便鬆了手。「一直防範他會在塔中動手腳……卻不料他真的敢！那是百年以來武林正統守護的信念啊……」

他悄然在暗處捏了捏她的手，細聲安慰她：「先別擔心，兩位前輩既為守塔人，必對塔中情況瞭如指掌，兩位前輩又武功高強，肯定會沒事的。」

也是。

是她自亂陣腳了……多年來的夙願即將達成，她萬不能接受事情有什麼意外……只希望蒼天有眼，還世人一個公道。

穆陀凝著塔樓，白煙漸散，喧囂漸沉——似乎大勢底定。

他心中稍安，緩道：「想來是兩位前輩驚動了先人安寧，所以……」

「驚擾先人安寧的，不知是誰？」

眾人一驚，紛紛循聲望去。

八長老扶著九長老從塔內走出來，他們身後跟著剩下的兩位守塔人——第四、五層的長老。

第三層守塔人強行阻攔了他們卻不敵，只能尾隨八、九長老打到第七層，再與第七層守塔人聯手，一人掩護，一人去點燃事先埋好的火藥，被九長老識破後，七長老不惜自爆功體傷人——最後僅存兩位活著出塔。

「怎麼可能……」穆陀臉色鐵青，不可置信的神色在他面上停留半晌才消去。

八長老將受了傷的九長老交給在一旁候著待命的十三，往穆陀走去。

「你果真好狠的心腸。」他從懷中掏出紫心木盒，盒子上雕刻卷雲圖騰，看來頗為祥瑞。「為了不讓我見到血麒麟，不惜在塔中埋下火藥，意圖滅口！穆陀，你真是太讓我失望了！」八長老恨恨地剜了他一眼，在穆陀還沒反應過來之際，走到諸多門派長老面前。

「諸位，血麒麟完璧在此，並未丟失！今日請各位前來，便是讓大家做個見證！」說罷，他伸手打開木盒，血麒麟頓時現於眾人眼前。

血紅似火，雕刻精細，頭部隱隱似一團烈火，灼灼耀目。

「是血麒麟！」

「可不對啊，既然血麒麟從未丟失，那十八年前——」

此起彼落的討論聲亂響，穆陀趁機一躍，趁八長老不備一掌拍向他胸口，隨後大手一抄將木盒抱入懷中；他還未細看，一道黑影已閃來，帶出鞭響。

「趁此機會，就讓眾人看看你究竟有沒有資格繼承這盟主之位！」雲琈一鞭甩去，打退了穆陀幾步，他正要取物，卻被她一句話驚住舉止。

不，不能碰！他沒有傳承，血麒麟不會認他！

穆陀驚怒之下，忘了他本就在他人扶持下當上盟主，而伏義已死，死前曾說傳承被劇毒化開，此時此景，就算沒有傳承，靠著現場的人穩住情勢並無不可。

「這是怎麼回事？血麒麟不是被伏義獻給朝廷了嗎？前陣子甚至還有東西不見的消息……」

「正是！要是血麒麟從未丟失，那伏義上繳朝廷的又是什麼？假貨？」

「不是，在猜測血麒麟真假之前，各位難道不該先想想……若血麒麟不曾上繳朝廷，那十八年前是怎麼回事！真品在此，何來以血麒麟換取高官厚祿一說？」

梁君闍埋伏在眾門派間的暗樁依勢翻起浪了。你一言我一語地，將隱在底下伺機而動的暗潮高高掀了起來。

雲琈和穆陀爭奪血麒麟，鬥得不分軒輊，難捨難分。

戚長君手執彎弓，眼神專注地盯著雲琈，站在圈外守著她，不讓不相干的人插手她與穆陀的對決。

「為什麼不去幫她？穆陀的修為，豈是她能敵——」梁子玨只要一想到現在在拿命相搏的人是他妹妹，便怎麼也冷靜不下來。

他曉得自己硬湊上前不過是添亂，只好生生忍住這股焦灼，但戚長君不同，他能幫啊！

戚長君伸手攔他。「就算不敵，也不能剝奪她復仇的權利！子玨，阿琈一直在等這一天，你別阻她。」

「長君！」梁子玨雙目瞠大。「那是我失散多年的妹妹！」雖然穆陀所說一事仍有待證實，但也要對方無事才能相驗真假啊！

況且不論她是不是子鈺，那都是一條人命！

「她更是我的未婚妻！」戚長君眼色一凝，聲音繃緊，既沉又啞。

——不只是他的妹妹，還是他未過門的妻子，甚至是他決定要執手一生的人……

他怎麼可能不在意她的安危生死？只是，她一直以來都想親自為伏義報仇，就算不敵，她也會戰到最後一刻。

她的願望，他怎麼捨得不成全？

「那你還——」

「子玨，你現在要做的事，是順她的計畫往下走。」戚長君指著前方吵鬧不休的人群。

那群人江湖俠客、門派長老，正你來我往，一句接著一句鬥，誰也不認輸，硬是要在十八年前的事上爭出個是非來。

臨出發時，雲琈只跟戚長君提過她會安插人掀起輿論，以導正多數人對穆陀的誤信。

他們能做的，就是在裡頭推波助瀾！

「當初穆盟主說過血麒麟是被叛徒伏義盜走，憑什麼說獻入朝廷的是假的？要我說，從塔裡出來的那個搞不好才是假貨！」

「沒錯！盒子裡興許空無一物，是他們不知用了什麼障眼法才將東西換上的！」

「可笑，八、九長老乃前劉盟主的師弟，不但忠於前盟主亦維護武林正統十數年，且伏義為人，眾人皆知，怎可能做出這種事！」

「依我看，八、九長老多年在外不歸，怕是此處歸不得！說什麼遭追殺、伏義身亡，照眼下這情況推斷，興許就是穆陀買囟奪命！十八年前就是個局！」

這裡多人爭得面紅耳赤，戚長君已無心再聽，側過眼，只見雲琈旋身一轉，長鞭由下而上，把穆陀護在懷裡的盒子打飛起來。

再一響，被拋飛的血麒麟，穩當地落在她掌心。

穆陀一掌打來，她急避閃過，這瞬間，一道紅光從她握住的指縫洩出，直衝天際！

後頭還在爭論不休的人全閉了嘴，瞠目結舌地瞪著雲琈所在之處。

八長老瞇起眼，勾唇一笑。「果然在她身上……」

「傳承！」

「是傳承！」

「血麒麟傳承在她身上！」

「擁有傳承的人才是盟主！梁君閣雲琈，才是真正的盟主！」

忽然，四面八方無數的聲音蜂擁而起，幾乎要將人淹沒，然而這等情緒並未影響酣戰的兩人。

穆陀與她本就戰至白熱，現下看到血麒麟發出的光芒，一雙眼更是怒得發紅，皆目欲裂。

「他說劇毒化掉了傳承，我不肯相信，兜轉找了多年，我終於不得不認——沒想到他竟連性命都不要也要把傳承給妳！妳是什麼東西，配得上傳承嗎！」傳承是別人的，就算理在他這處，這會也全都沒用了！

盟主這個位置，認的就是血麒麟承認誰！他當年能順利坐上這個位置，事前可是下了諸多暗棋，如今因為傳承，一切皆要破滅！

可恨！這個伏義，死了也要和他作對！

「哈哈哈……」穆陀收起笑聲，眼底的冰寒寸寸蔓延開來，染上一股猩紅。

「了不起……本座藏了多年的祕密，最後還是讓爾等給扒了開來……得到傳承又如何呢？以為如此就能與本座抗衡？天方夜譚！」語落，他腳步一沉，雙手轉動間，又是一式強招出手。

雲琈凝視著他，只覺往日景象再襲心頭。

那一日，父親央求她替他守護傳承，然後他被凌虐致死……若不是父親將內力與傳承一起給了她，他怎會連最後的拚搏都做不到——一閉眼，就是令她恐懼慌怕的黑。

她不明白，父親不是他的師弟嗎？他的心為什麼能那麼狠？

執鞭的手不自主地顫抖，不是因為害怕，而是因為悲傷——悲傷到了盡處，便是心疼的憤怒。

雲琈沒有說話，把血麒麟拋給雲景湛。

梁子玨不禁慌道：「穆陀的深淺如何我們不知，但能當上盟主，必要相當的武力才能服眾……她能贏嗎？」

一聲巨響炸開，又是一陣煙塵漫漫。

眾人還不及看清雲琈是怎麼躲過那擊的，須臾間她的身影已如鬼魅，瞬息來至穆陀面前，一道綿軟掌力打上他的心脈！

穆陀及時察覺擋了下來，手臂一震，他扭手一掌推過去，雲琈驚險地閃過重擊她肩頭的這招。

兩人你來我往，同樣的招式，可兩人出手時機不盡相同。穆陀每次出手都氣勢萬鈞，帶著推山撼海之勢，只要被他打到一掌，必然重傷！

而雲琈每的每次出掌都飄然乍至，令人捉摸不定，柔荑婉轉打上了他，掌力卻會被他周身的護身屏障給震開。

一時間，明眼人都能看見她的弱勢。

她根本傷不了他。

就在雲琈和穆陀纏鬥不休之際，不知哪一方突起攻擊，本來在一旁觀戰的兩方人馬忽然打了起來，少頃，雙方陷入一片激戰。

就在這時，戚長君發現有三人欲趁雲琈和穆陀兩人對戰時對雲琈下手！

雲琈察覺，側身避過穆陀一掌，素手趁勢搭上腰間軟鞭，那三人還不及偷襲成功，戚長君三箭齊發，一箭一個，箭矢直破腦殼，毫不留情。

又三人見狀遞補，同樣敗在戚長君的速度——見影穿楊，絕非浪得虛名。

地上躺得零落的六人，每個人腦門上皆扎著一支箭。

戚長君守在雲琈的戰場外，眼光冷肅，語氣極淡，寒霜逼人。

「我在此，無人可動她。」

◆

九重博通塔前，雲琈和穆陀戰得如火如荼，崖底下黑壓壓的一片人，在塔四周圍成天羅地網，勝者沒有出現之前，誰也不能離開。

玉虛宮早就收到穆陀暗號，但因被梁君閣策反，此刻並未出手，而是在暗處等待。

與雲琈戰了好半晌的穆陀發現不對，一掌拍了過去，雲琈往後翻身相避，長鞭屈伏在她身側，兩人的胸口，俱是不斷起伏。

對戰至此，互相拆招超過百式，穆陀不由得對雲琈另眼相看。

「能與本座戰至如今，除了我那師弟，妳還是第一人。妳師承何人？」

雲琈一鞭甩過去，鞭風凜冽如刃，被他一掌化掉。

「師承何人？」她勾唇冷笑。「你心內不是早就知曉？只是不願承認而已。」

穆陀臉色一變，低喝：「不可能！當年他已積毒甚深，又失了大半內力，如何還有餘力教授武學於妳！」也因為伏義內力大失，敗他才沒想像中的困難。

雲琈足尖一踩，旋身使力一揮，鞭響一聲，打在地上，激起數道黃塵沙幔，瞬間包攏穆陀周身。

雲琈道：「因為你們本就天差地別！穆陀，你殺了他的女兒又殺了他，將他折磨至死，你有什麼資格活在世上？憑什麼取他代之，恬不知恥！」

黃霧乍起的瞬間，雲琈也將自身內力提到最高，玉足一蹬，明明是沉地之力，卻如頓足棉絮之上，輕而淺，眨眼間一人分化多個，將穆陀團團圍住。

穆陀驚怒交加，等他回神過來，已被包圍在重重人影之中。

瞬息萬變的人影紛紛朝他出掌，掌氣、鞭響，四面八方如同海水朝他洶湧而去，激起千萬重浪花。

與方才能輕易化掉的綿軟力道不同，這掌力狀似綿柔，實則後勁頗足，一下重過一下，竟覺一掌宛若九掌襲來！

穆陀感到熟悉卻不敢置信，慌亂之中抬手格擋，幾招掌式毫無章法。

忽有一掌敲進他身上關竅，掌力透過血肉打入筋脈之中，穆陀只覺被人以飛快的速度點住穴道，動彈不得，下一刻，嘴角流下血紅。

他雙眼大瞠，不可置信地瞪著眼前按著心口喘息的雲琈，她執鞭的手微微顫抖，鮮血從她袖口緩緩滑落，滴落到土裡，開出豔豔刺目的花。

「妳……九天菩提……居然……」沒有錯……他苦練多時的第九式，她居然練出來了！還藉由傳承之力提升了數倍的勁道！

穆陀話未說完，朱紅已從他的口鼻大量湧出，他雙腿的筋脈被震斷，軟身跪了下來。

雲琈往前走了兩步，在他身前居高臨下。「……我至今也想不明白，他那樣好的一個人，與你共處那麼多年，就一點也沒軟化你這可笑的嫉妒之心嗎？」

「妳懂什麼……」穆陀瞪著她，口齒皆血，渾身劇痛，可雙目仍有憤怒的血絲幾乎要凸出爆裂。「他是天資卓絕的習武奇才……不用努力就能得到我夢寐以求的讚譽、我想要的地位……武林盟主、血麒麟、師父的期許……可是他卻說心不在江湖！為了一個女人，居然將這些踐踏在腳下！我才不要他的施捨！我要的東西，我自己去拿！」他雙目陡然大睜，居然一躍暴起，用被廢了經脈的手一把掐住雲琈的脖頸！

「阿琈！」戚長君幾個箭步落在崖邊，海潮聲聲推進，拍打在石上磅礴沉穩。

「……你要的東西，最後還是沒有拿到……欺師……滅祖……」雲琈已耗盡力氣，根本無法反抗。

「閉、嘴！」穆陀正要發力一擊捏碎她的頸骨，戚長君已三箭齊發，一箭入腦，一箭破心，一箭貫手。

雲琈當即從他手中掉下，摔在地上。

因這番突襲已用盡全身力氣，待穆陀這口氣洩去時，他也徹底沒了呼吸——只餘不甘的大眼，瞪著前方。

而雲琈為了有更大的力量與穆陀對抗，強行逆轉筋脈，又受了重傷，這會受創甚深，已是半句話都說不出來。

戚長君小心翼翼地將她從地上抱起，她髮鬢散亂，一身血氣，十分狼狽地癱軟在他懷中低低地喘氣，四肢關節恍若被人全卸，軟得不可思議。

雲琈顫動著睫羽，粉脣微微發紫，眼光瞧著戚長君時，溫柔繾綣。

然後，在他懷中昏厥。

戚長君忍著雙臂的發顫，仍舊小心地將她擁入懷中，多使一分力氣都不敢。

半晌，他動作輕柔地撥開她額上殘髮，輕輕烙下一吻。

◆

因雲琈逆轉筋脈受創甚重，再加上體內劇毒失去壓制，當下就被送回梁君閣醫治。

至於因穆陀而起的血麒麟之亂，便交給八、九長老，以及京兆尹梁子玨去處理了。

聖旨已宣，從此再無血麒麟曾被送入大內藏寶閣之事，自然也洗清了伏羲以往所負的罵名。

十三和十四看到一身傷回來的雲琈皆面色凝重，不敢大意。

十三道：「戚大人，請您先到外頭等著吧。」

戚長君怕自己在反而干擾他們，遂頷首，打算到外間的椅榻上坐著。

一回身，目光擦過放在桌上的千鶴蘭，他頓覺熟悉。細想想，竟與太后娘娘所用的藥引一模一樣……

「這味藥？」

十四正要取，瞧他停下腳步問了句，沒想太多，當下即回：「就是當初給太后娘娘的那味藥，幸而師姊厚福得了兩株，不然今日這種狀況，還得更艱難呢！」說罷，捧著藥便走。

所以，那會看見這味藥時，十三和十四的表情才會那樣複雜。

……因為這是她的救命之藥。

胸口忽起一股揪痛，戚長君捏手忍住，走到外間坐下。忽而想起雲琈倒在他懷中的模樣、想起她在月下說——以性命相送。

他閉了閉眼，沉沉一喟。

「長君！」梁子玨的嗓音衝破他的思緒，將他拉回，抬眼覷去，好友慌忙大步而來。「子鈺怎麼了？需不需要去請太醫——」

他淡淡的打斷他。「兩位小神醫在此，還需要太醫？」

梁子玨也是關心則亂，被話一噎，吶吶地收聲。

戚長君問：「那邊的事情處理好了？」

梁子玨在他身旁坐下，自己斟水喝了口。「我把聖旨宣了，又解釋了一番就趕回來了。剩下的皆是武林之事，我們也不方便出面，就交給兩位前輩還有雲公子善後。」

「嗯。」戚長君應了聲，又問他：「阿琈的事，你打算怎麼辦？」

梁子玨抿唇，瞥了他一眼。「我細想過了，穆陀那番話出來時她並未承認，加上穆陀一直想阻止她取血麒麟，甚至兩人對戰時也未曾改口……既是這樣，她是否是子鈺，想來……不能完全盡信。」

戚長君沉默半晌，給了兩個字：「……她是。」

「是什麼……」說出口後，梁子玨猛地回過神。「你……何以見得？」沒有疑問，因為他相信戚長君。沒有足夠的證據，長君不會說出這種話。

但是——梁子玨覷見他神色，又追問：「她既是我妹妹，我立刻就請父親、母親過來！母親她惦念鈺兒甚久，你也曉得的……她禮佛多年，為的就是鈺兒！」

「……她不願相認。」戚長君停頓了下，緩言：「她左耳耳垂有塊胎記，被耳環遮住了，不細看不得見。而且，鈺兒和她的年齡亦對得上，她就是鈺兒。」

更重要的是，她的眼眉有幾處與梁夫人相似。而且，自子玨出現後，她就不再在他面前露出真面目了——且救了梁夫人的那天，她明明已戴人皮面具，為何又要多戴面紗遮掩？

若說這之間沒有什麼緣故，他是不信的。

「待她醒來你問她，她總不能避著你。屆時看她如何回答就是……只是，我想她是不願的。」

梁子玨不想懂這之間的彎彎繞繞，可他也明白戚長君猜測得沒錯。若雲琈願意，這一路尋血麒麟，她有那麼多機會可以與他透底，但她一聲沒吭——

只是這樣想，胸口便梗著一口氣推不開。

「我曉得了……我聽你的便是。」

◆

渾身如同浸在涼水裡頭，周身是如處在冰窖內的極低溫度，但血脈中卻有熱源如細絲，在她身體內四處亂竄，冰火交雜難受得很。

意識一片闃黑，腳下恍入泥沼，全身重如沉鐵，喉中不知哪來的血氣，一直從她咽喉滾到舌尖，逼她作嘔。

「阿琈，妳要活下去。」

「答應義父，妳會活下去。義父的女兒沒了……從今往後妳代替她活下去好不好？」一雙大手落在她頭頂，輕柔地撫著。

午夜夢迴才能聽見的嗓音，竟然在耳邊響起。她已有好久好久，不曾再聞這熟悉又懷念的音色。

雲琈仰首，看見那張溫和俊雅的臉，拉住了他的袖袍——不是毒入肺腑消瘦得不成人形的模樣，是未發病前的肆意倜儻。

「父親，你不要走。」

這麼多年，不管跪在他牌位前求了多久、不管抱著他的牌位如何哭泣，他都不曾入夢來安撫她——不管是哪個樣子的他。

「你不要走，好不好……」雲琈緊扯他的袖角，伏義溫和地看著她，不發一語。她想留他，急急地道：「阿琈殺了穆陀，為您報仇了，您開心不？」

伏義嘆氣，伸手摸了摸她的臉，眼底泛著心疼。「阿琈的心意我很開心，可是比起讓阿琈這樣艱難，我寧願含冤而去。師兄作惡，早晚躲不過的，可是妳不同啊，妳怎能和他比呢？」

是她的父親——她熟悉的、愛護她的父親。豆大的淚珠滾滾而落，酸楚交加，她哽咽搖頭。

「我在一日，絕不讓您含冤，絕不。」

伏義輕聲一嘆，彎身擦去她的淚。「辛苦阿琈了……這麼多年，辛苦妳了。妳心悅的人，義父看過了，甚是不錯。」說著，他笑了。「阿琈的眼睛最是毒辣，專挑最好的。」

雲琈聞言，想起之前兩人生活的過往，破涕一笑。「可我不敢，戚君那樣好，我不敢。我無甚所求，只願守著他便好。」

「傻阿琈。我們阿琈這般好，有什麼配不上的？況且，那本就是妳的夫君不是嗎……」伏義輕捏了她的臉。「義父要走了，待得毒解，就勇敢這一次，好不好？」

雲琈搖頭，不知是不願讓他走，還是不要勇敢。「不好，阿琈不勇敢的話，您是不是能不走？」

「阿琈一直很勇敢的。」伏義拍了拍她的頭，笑得越發溫暖。「有戚君陪著妳，以後都會好的。阿琈一直好好的，我就能好好的，聽話，嗯？」

——她好了，他就會好。

她總是捨不得他不好的，所以，她會好的。

雲琈沒有再拒絕，也無法拒絕，含著淚點頭，眼睜睜看著父親帶著笑顏，再次消失在她面前。

她想哭，甚至唯有撕心裂肺的號啕才能表達她的疼痛——可是，她又該哭什麼呢？她前生所求，已經完成了啊……

但是，她的心好痛。

像被人掐住，就快窒息般地難受。

「這錢拿著給妳父親看大夫，妳自己也記得上藥，別傷了手腳了。」

「沒事了。」
不同於兒時仍有些稚嫩的音色，如今的沉穩低醇、溫柔和煦，是一個成年男人的嗓音。
雲琈身軀一僵，徐緩回頭，一道人影在黑暗中長身玉立，唯他身上帶著光。
「……戚君。」她蠕動脣瓣，只有脣形微動。
——我所剩不多的世界裡一片沉晦不明，唯你是僅存的光明。唯你所在，是我此生嚮往。
「戚君。」她喊一聲。
「戚君。」再一聲。
直到失去意識，直到疼痛漸緩。

十四章

「戚君……」

守在床邊的戚長君一聽到雲琈夢囈，便傾身將她額上的冷汗抹去，浸了條熱帕擦了擦她的臉，低聲回應。

滿室僅有幾盞燭火照明，火影搖搖，頗有幾分動盪不明。

從昨日開始，雲琈便一直喊著戚長君的名。她昏迷了四日不醒，期間身軀忽冷忽熱，高燒不退、冷汗頻發，怎麼也舒緩不了，急得一干人心裡發慌。

血麒麟一直在她身上，多日來從未離身，雲景湛領人來看過幾次，卻對這情況束手無策——

她筋脈受創，又積毒甚深，一夕間撲山倒海，又有幾人能抗住？再……等等吧。

雲琈情況凶險，十三和十四連小憩都不敢，兩人輪流當班。

「戚君……疼……」她低低喊了聲，血麒麟當即閃爍幾下紅光，雲琈四肢忽地大抽了下，隨後嘔了口黑血，渾身癱軟。

「阿琈！」戚長君驚喊。

十三衝了過來，手持銀針往她大穴扎進，她本要閉了的呼息終於趨緩。

瞥了眼雲琈身上的暗漬及戚長君染上黑血的衣袍，十三鬆了口氣。「全都嘔出來便好了……戚大人請先去刷牙洗臉吧，我去喚人清理。」

戚長君猶有幾分不放心，又往後瞧了雲琈如今平靜的臉龐，方才點頭。「好。」

十三道：「毒血一清，熱就會退了。只是筋脈受創，還要一段時間才會醒。」

戚長君回：「沒事了就好。」

沒事了，比什麼都好。

六門摺屏擋在床榻前，將床後的動靜掩去，戚長君守在屏風後的長榻上閉眼休憩。

薄曦從花窗溢進，敞亮半室。

「水……」

雖然極細微，但戚長君並未漏聽，立即起身走到桌邊添了杯溫水，拿到床邊扶雲琈起身。

戚長君一碰到雲琈後背，即發覺她繃緊身軀，素手搭在他手臂上，握住他手腕。

「……戚君？」她喊出的這聲，有些不確定。

「是我。」察覺她的異樣，戚長君不動聲色地回應。

是他……終於安心的雲琈鬆開指尖，將手移開。「現在什麼時辰了？」細啜杯中水，她眼簾未掩，眸光無焦，連著說話都有氣無力。

看不見嗎……戚長君睨了眼窗外，心中有疑，暫且按下疑惑回答：「卯時。」

雲琈身子一顫，微抬起手，復又放下。「……嗯。」

他擰眉道：「妳的眼……」

「應是筋脈逆轉之故……十三呢？」
「休整中，等會過來。」戚長君伸手撥了撥她的髮，她已倦極閉上眼。
「再睡會吧，醒來時便能吃飯了。」
「嗯……」她眼睫顫動幾下，沒有睜眼，嗓音輕如飄絮。

再醒來時，盡是細碎耳語，眼中仍是一片黑暗。
雲琈悄然收緊指尖，細辨四周有誰。
「阿琈醒了。」最先發現她醒了的戚長君坐到她床邊。「要起來嗎？」
雲琈點頭，戚長君扶著她坐起，在腰後放了軟枕。
十三看了十四一眼，十四將二師兄和梁子玨帶到外頭，內室頓餘三人。
「師姊可有哪裡不舒坦？」搭上她的脈，十三輕聲問。
「除了身子稍有虛乏，一切尚可。小十三，我眼睛看不見……」雲琈面色蒼白，長髮垂散在她兩肩，襯得她臉蛋更小，更為細弱。
「嗯。我曉得，師姊忍個幾天，妳現在身子還虛，這幾天先在房裡待著。」
「好。」
「我去吩咐一下，請戚大人相陪。」語罷，他朝戚長君點頭，轉身離開房間。
「要喝水嗎？」戚長君問。
雲琈乖巧地點頭，伸出手等著接杯盞，他斟了水放進她手中，在她床榻邊坐下，看著她又戴回人皮面具的臉龐。

與穆陀一戰後她的人皮面具沒有摘下，一直戴到第二日，昏迷期間除了他和梁君閣幾人，無人能至她床前，她早上醒時也還是真容，可現在卻又戴上了面具——沒有避諱他，隱約透露某種訊息。

雲琈目不能視，無法知悉他的神色，因一直沒聽到他的聲音，不禁問：「小女子醒來時，戚君皆候著……戚君可有歇息？」

「歇過了。我陪妳說會話，等等……我去做飯，阿琈可有想吃的東西？」

雲琈一怔，搖頭。「戚君煮什麼，小女子都吃。」

戚長君料是這回答，輕應了聲。「用過飯後要吃藥，十三說藥會苦些，讓我看著妳喝完。」

吃藥……她忍不住苦了一張臉，這神情也被他一覽無遺。

戚長君微挑起唇弧，意外於她這份小女兒的嬌態。早知她怕吃藥，不料竟會抗拒成這樣，還以為她什麼都不怕……不怕疼、不怕苦。

戚長君忽地黯下眼。

哪裡是不怕呢？是不能怕啊。

那股酸軟又泛上心頭，他放輕嗓音安撫她：「乖乖吃藥，我做甜糕給妳壓苦，嗯？」

「可、可以嗎？」雲琈的表情瞬間靈動起來，但朝他看來的眼眸仍是無神。

「嗯。」嗓音微有笑意。

「這樣……會不會太麻煩戚君了？你已守了好多天了吧，又是客……」

「不麻煩，能替妳做飯，我很歡喜。」戚長君彎身將她手中杯盞抽起，隨手放在一旁的小几上，終是忍不住抬手去摸她的臉。

「怎麼又戴回人皮面具了？」

在子玨加入他們共尋血麒麟後，她的真面目幾乎不再出現他面前。

戚長君聲音帶著溫柔繾綣的撫觸，雲琈一怔，紅著臉細聲答：「小女子多數時候都用這張臉示人，戚君此問可是有疑？我知戚君不介意小女子真容，但是現下……不太方便。」她話音盡力維持平穩，但心尖已有微忧。

戚長君聽出她話語有異，卻沒說破。

為何當時方便，如今卻不方便了呢？

「無。」他收回手，忽然又覺得有些空虛，便伸臂將她攬進懷中，抱了一下又放開，在她額上烙下一吻。「妳坐會，我去喚人替妳刷牙洗臉。」

「哎、好……」

直到戚長君都走了好一會兒，雲琈仍頂著發紅的臉蛋呆坐在床上，好半晌，才舉手摸了摸自己的額頭。

戚君他這是……怎麼了？

他——知道自己在做什麼嗎？她將臉埋進雙掌之中，困窘地低吟出聲。

這個時候，她已不知是該慶幸自己看不見，還是該惋惜……

◆

休養了兩日，雲琈的身子好了許多，行動雖仍有不便，卻已無大礙。眼下在屋內與雲景湛、戚長君等人說事。

雲琈與穆陀大戰一場重傷昏厥後，雲景湛便協同八、九前輩及玉虛宮尊者、幾位門派長老，在各門派面前將穆陀所做的惡事一一道盡，無不換得「穆陀喪盡天良、活該慘死而終」、「伏義錯信師兄令人唏噓」……等感慨。

他們全然忘了當初追殺伏義之舉，雖有穆陀授意，但對他下死手的人，並不在少數。

不過是人死茶涼。

再者，數代以來，沒有盟主是女子，就算雲琈身懷血麒麟傳承，但在當年的背景之下，多數人皆認為是伏義不得已把傳承給了她，且雲琈身為盜中之首，名聲不佳，紛紛囂喊著要雲琈將傳承交出來。

雲琈本就無心此位，繼位的人也早就有了，還讓眾人無可挑剔——就是梁君閣真正的繼承人：雲景湛。

他是伏義親生兒子，盟主之位還給他，可說是眾望所歸。

而玉虛宮亦在答應與梁君閣合作之後，迎回了自家失散十多年的宮主遺孤——十三和十四。

只不過他們兩人還是習慣待在梁君閣，暫且也無心思打理宮務，宮內長老對此倒不是很著急，畢竟來日方長，能找回正統血脈更令人歡喜，舉宮上下，因此對梁君閣心懷感激。

林林總總把前因後事概括說完一遍的雲景湛為自己倒水，大口喝畢。「……我瞧還是早些把傳承給我，好還妳安生日子，讓妳好好養身體。」

本就是計畫好的事，對此雲琈無二話，點頭應道：「我這裡自然沒問題，等小十三發話，便能交還傳承了。」

「等我繼了盟主之位妳也就可以安心了。妳這幾年連番虧損，是該好好補補，十三亦想趁此調理妳身體，妳配合點，盡量快些好起來。」雲景湛瞧著她雙眼黯然無光的模樣頗不習慣，一直叨叨唸著。「所幸現在有戚君盯著妳，總算教人放心。」

「小二！」雲琈羞惱地一喊。

雲景湛起身，順手拊了拊衣袍，玩笑地道了句：「叫二師兄，小二喊誰呢。」他直起身，與戚長君交換個眼色，又言：「得，我這就退了。妳再歇一會吧，妳此番受損過劇，勞神勞心不好。」

「去吧去吧，聽著耳疼。」雲琈揮手趕人。

雲景湛一臉哀怨瞪著她，奈何對方看不見，只有戚長君朝他笑了下，示意餘下交予他，他方安心走人。

戚長君走到雲琈面前，打算扶她起身去床上躺一會。

「腳可有不適？要不要我抱妳去？」

雲琈忙不迭地搖頭，想起前幾天四肢疲軟的日子，臉紅得不可思議。「不不不用了！我自己能走！」

「好。」他輕笑。

替她蓋好被子後，他走到屏風前，將內室裡的薰爐點起，裊裊白煙須臾後泛起。

「我就在外頭，有事喊我。」

「嗯。」

◆◆

耳邊有窸窣聲響，將她浮沉的意識拉回些許，而後，緩緩自夢中醒來。

睜眼仍是一片闃黑，雲琈眨了眨眼，眼前的黑暗仍未退去，是了，她想起她目不能視了。

「十三？」她仔細地聽辨了周圍的動靜，試探地喚了一聲。

「猜錯了，是十四！」十四笑咪咪地湊到雲琈跟前，將她從榻上扶起。

「現在什麼時辰了？」

十四答：「午時方過。」

雲琈一驚。「這麼晚了？」

「不晚不晚，哥哥這安神香，本就要讓師姊睡到未時末才起的，結果師姊不到未時初便醒了。」將軟枕擱在雲琈腰後，她又說：「哥哥說接下來得幫師姊泡藥浴，教我先來伺候。」

十四信手把沖好的枸杞茶放到她手上。「師姊就寬心吧，接下來的事情有二師兄、哥哥及其他師兄、師姊呢，這段時間妳好好養著。這幾年東奔西跑，一下闖機關又是入軍機大營的……再虧損下去，有九條命也沒用。」

十四性子活潑，唸起人來叨叨絮絮一長串，與十三整治人的手段相異，卻都有相同的成效。

「得、得，我好好養著就是了，你兄妹倆一人一次分開訓，我可受不了。」

「師姊真要聽進去才好。」十四果然很瞭解她。「二師兄也神機妙算呀，想來只有戚大人鎮得住師姊，就讓戚大人待在這兒了。」末了，還笑了幾聲。

「要造反了，嗯？」雲琈傾身上前，捏住十四鼻尖，輕晃了晃。

十四不敢躲，又怕真的被師姊扒皮，恰好眼角餘光瞥到戚長君進屋，忙揮著手求救：「戚大人救命、救命呀！」

雲琈不以為意，以為是幌子，手指捏著她不放，啟脣欲訓斥十四，卻聽到戚長君輕笑出聲。「瞧著精神許多，不錯。」

雲琈如遭雷擊，指腹從十四鼻尖上彈開，清麗的顏龐頓染一片羞赧的紅彤豔色。

「戚、戚君……」

雲琈語調尾端隱含泣音，聽出這絲難得的泫然，戚長君微微一笑，笑弧甫勾勒出臉上顏色，隨即晃瞎了十四的眼。

她趕忙捂眼跑出房間。「師姊先用膳吧，十四去準備藥浴！」

老天爺啊，戚大人笑起來不要太好看，再看下去，她真怕把守不住啊！

戚長君不以為意地瞥了眼落荒而逃的十四，調回目光對上那個縮在長榻上，坐立難安忐忑地絞弄著手指的女子。

……以前怎麼就沒發現，她能讓人心軟得厲害呢？

「拘謹什麼，又不是沒看過妳訓斥師弟妹的模樣。」戚長君走到榻前，身後的僕人將飯菜布好後逕自退下。

說到這個，雲琈就想起之前在洛府屋頂上鞭打十六被他逮個正著的畫面。

她泫然欲泣卻欲哭無淚，小臉上紅白兩色交錯。

「讓戚君見笑了……」搜刮了滿肚子，唯有這句話，她更想哭了。

她只想像個端莊的大家閨秀那樣，以最好的形象出現在他面前啊，為何每次都會弄巧成拙呢？

「不要緊，這樣的真性情更好。」

戚長君略彎身，將她睡亂的一綹殘髮挑起，勾到她耳後，溫磁醇厚的嗓音夾帶他的氣息，噴灑在她鼻前，引她一陣慌亂的面紅耳赤。

什、什麼意思？她悄悄地吞嚥了下氣息，不甚確定地問：「戚、戚君，比起世家端莊的女子，難道你更喜歡……潑辣一點的姑娘嗎？」說完她又覺得用詞不太恰當，她這樣應當算不上潑辣？不，好像是潑辣的……

不過戚君素來罕說狠話，說她真性情，也許是為了安慰她。雲琈有些絕望地想。

戚長君瞅著她，打量她那番兼有小心試探以及許多細微情緒交錯的神情——頗幸她看不見，否則他還真不知，該如何一一細察她的反應。

她眸心雖無焦，但眼波仍在流轉，那絲難見的酣然會在不經意間出現，為她清豔的眉眼多點上一抹天真純然。

戚長君翹脣淺笑，捏住她的下頷，拇指輕輕摩挲。「端莊的世家女子，或是潑辣的江湖姑娘，與我何干？我喜歡的，是妳。」

轟！

什、什麼？

「騙、騙騙……騙、騙人！」

雲琈從未有一刻這樣深刻的體會到，自己的臉被炸燒起來是怎樣的滋味。

「傻姑娘，我都說得這樣清楚了，還聽不明白嗎？」戚長君沉嘆，俊顏上俱是溫柔寵溺。

結巴成這樣……她究竟有多驚嚇？

指下的溫度突然變得炙燙，他甫仰眸她便掙脫了他的手，將自己的臉撇開，旋過身去，欲將燒得通紅的面龐埋進掌中。或許是太過赧然，這轉身的力道過猛，差點撞上榻邊扶手——

戚長君趕忙探臂去攔。「小心！」長臂一撈一抱，將她鎖在懷裡。

雖把臉埋在掌中，但男子身上那股氣息分毫不差地，如同海水倒灌般湧入她的鼻腔胸口。

意識到自己靠在誰的懷中，抱著她的雙臂又是誰的，雲琈覺得心臟及全身的氣血一股腦地往上直竄，簡直要把她的腦袋炸出朵花來了！

整個腦袋燒烘烘，心口也漲痛得厲害，更別說呼吸都快要停了……

她一定是聽錯了聽錯了聽錯了聽錯了聽錯了……

阿琈快醒醒！

「阿琈？」過了半晌沒有半點聲響，戚長君察覺不對，俯首去看，卻見雲琈不知何時屏住了呼吸，臉龐紅到極致，顯出了即要窒息的青白。

戚長君一驚，忙掐住她的下巴，低喝：「阿琈，呼吸！」

這聲低喝喚回雲琈渙然的神智，順他的話呆呆地吸了口氣，卻猛地被新鮮的空氣嗆到，咳了好幾聲，眼眶一片溼潤。

「咳、咳咳咳咳咳——」

生平第一次傾訴心意，喜歡的姑娘居然是這種反應，戚長君頓感哭笑不得。

之前不說，是因為她尚有復仇大業在身，又因他與粱府的婚約還未解決，才忍到現在，但如今……

戚長君探手輕輕拍撫她後背，替她順氣，她背脊又發僵。

「放鬆些，我又不會吃了妳。」語罷，拍了兩下，將她背脊撫軟，她順勢靠在他胸口。

「……我一定是在作夢。快醒醒快醒醒快醒醒快醒一醒啊……」

聽見她絮絮低語，戚長君眉頭一皺，挑起她的下巴駁道：「不是作夢！」

「那、那那那——不，不對，這個是戚君沒錯。」彷彿要確認，雲琈探出身子伸手去摸他的臉，一路摸著耳朵、眼、鼻……到他薄唇的時候，她指尖瑟縮地彈開，臉又紅了一片。

「怎、怎麼可能……」她捏著方才觸到他唇瓣的指尖，垂著螓首，露出紅彤似血的耳尖。

「戚君怎麼可能會……」話至此，她忽而一頓。

先前兩人相處時，他偶爾的溫柔的撫觸，還有那些讓人心悸的言語和舉措——她曾察覺不對，只覺得是對方的同情，除此之外再無其他……原來……不是嗎？

她又一呆。

戚長君從起先的哭笑不得，到最後化作對眼前之人的疼惜，他將她攬進懷中，沉嘆一息，引得胸腔淺淺震顫。

「為什麼不可能，嗯？」

慌張過後，她已有幾分冷靜，可臉龐猶似火燒。

好像有可能的……畢竟之前，就有跡象可循……可是……

雲琈腦袋一片混亂，下意識地回道：「因、因為戚君太好了，我從未想過……戚君對女子素來溫和有禮、沉穩自持，我也曾臆想，不知你會喜歡何種女子——但我未曾想過會是……」

毫無章法的一句話，卻能讓他心間冰雪化成細水。

軟軟似泣赧然無措的嗓子，柔韌纖瘦的身子——放在她身上，每一處都令他心悅喜愛，甚至臣服。

「如今可以想了。」戚長君雙掌溫柔地掬起她的臉，小心而珍重地，在她額前落下一吻。

她的臉又騰地燃了起來。

「我不、不敢……」

「為什麼？」他想過她會說這句，但真聽到時，胸口仍悶得難受。

明明是與他志趣相投且從小便有婚約的女子，僅因為穆陀插足導致她兒時悽慘流離，就讓她對自己這樣不自信了嗎？

但是……這樣更能證實他的猜測。

梁大小姐的這個身分——她不想要。

雲琈沒有回答，倔強地抿緊唇。

見她這模樣，他心中的堅硬、殘存的傲氣，全軟得一榻糊塗，漸漸地，翻騰成了將這人鎖在懷中的強烈意念。

「阿琈，妳不想要我嗎？」

雲琈纖軀一顫。

不要用這樣溫柔又哀傷的語氣問她。

——她禁不起。

他是她此生不敢奢求的天邊月光，她早決定好一輩子當他的影子，暗地裡守護他，陪他哭陪他笑，陪他度過戰場上每一次的血影刀光——

待她了卻一切，她會陪著他保家衛國，或是光榮退場，在京城安養。

雖也曾想過光明正大走到他面前，但這念頭，終究被她掐滅了去。

「阿琈。」

不要這樣叫我。雲琈死死咬住下唇，說不應就不應。

「阿琈。」

他沒有放棄，名字一聲喚過一聲，語調一次柔過一次。

「阿琈。」

戚君，求你不要……別再叫了。

「阿琈，妳真的……一點都不想要我嗎？」

怎麼會不想要。

怎麼可能不想要。

她是抓心撓肺、發了狂的想要——可是她怕自己要不起。

可是她、可是她——雲琈還在想要用什麼理由說服自己，不聽不看不要，倏地想起黑暗中伏義對她說的話。

「待得毒解，就勇敢這一次，好不好？」

「況且，那本就是妳的夫君不是嗎……」

她沉默了會，舌尖喃唸過一次，卻聽到他說：「就算我把自己放在妳掌中，妳也還是——」不要嗎？

「……想要。」她伸出手摸索上他的胸口，撲上他的脖子抱住，將頭埋在他的鎖骨，拋卻自己的羞怯不安。

可是什麼呢？再矯情下去，她都唾棄自己。

是戚君自己送上門來的。

戚長君被她突如其來的一撲震得略微後仰，然後伸臂抱住了她。

她道：「怎麼可能不想要。」

他心口一麻。

「……我是發了瘋的、抓心撓肺的想要。」雲琈啞了嗓音，緊緊地抱著他。「可是戚君太好太好，我不敢要。我自小除了義父什麼都沒有，義父走了，我的天就塌了……我怕將戚君放得太重，若是戚君有了差池——我會死的。所以我一直不願跨出這一步——」

「後來我又想——那又怎樣呢？你在我心中一日重過一日，再重下去，也不過是把命放在你手裡罷了。而我說過，只要你有吩咐，我願以性命相送……」

既已對他性命相送，那勇敢這一次，又有何不可？最多不過是死，她何曾怕過。

雲琈攀上他的肩頭，將額頭抵住他的。

雖然看不到，可掌下他的身軀，也是繃得極緊，還有一絲顫抖。

戚君，也緊張嗎？也與我一般，既羞怯又惶然害怕嗎？

她的心忽然安定不少，連帶把後續之言吐出時，已平穩如常：「這個世上，能捏住我性命的人——唯你戚長君。」

連我自己，都在你之後。

戚長君看清了她此時的神情。

她眼中的黯淡恍若盡數消去，爆出璀璨的星芒，點亮她整個瞳眸，燃燒他的魂魄。

他帶有薄繭的手按上她後頸，引她身軀泛起漣漪般的輕顫，他口乾舌燥，喉結滾動幾次，才能勉強捺住心中洶湧狂濤。

——怎麼有人，能讓他失控到這個地步？

「阿琈，妳可知……妳說了這話，是要負責的。」

他的音色本就溫醇磁厚，動情之後壓低的嗓子，更若芬芳醇酒，漸次地暖進了心坎裡，流淌四肢百骸，馴服得人再無一絲逆鱗反叛。

目不能視，她的觸覺感知、聽覺感官，比尋常更加敏感數倍。

他這一聲如蘭吐氣，迷得人難以招架，她幾乎無法控制自己的身體，化成一攤春水軟在他身上，唯剩一雙玉臂緊攀附著他，掙扎著不願完全沉溺。

「戚、戚君也是……」她的嗓音不似他，嬌脆甜膩地帶著綿軟的氣音，要勾不勾地，反而搔得人心癢難耐。「你說了那種話，也是要、要負責的——」

——是你，把自己放入我的掌心。我不願讓你離去，只得將你牢牢握緊，把你融於我的骨血之中。

從此，你的血裡有我，我的血裡有你。

骨血一體。

「是，是我自投羅網——跳進了妳的掌心，自然負責。」他壓下她後頸，吻住她的脣，封住她驚呼而出的嚶嚀。

起初，只是蜻蜓點水般的脣瓣相貼，後來，他不甘只能汲取她淺微的甜蜜，含住她的下脣，逼迫她顫抖著、臣服地，開啟她固守的城池，讓他長趨直入——

直至呼息也纏為一體，心悅臣服。

終章

黃澄的陽光從葉縫中落下，院內的石板路閃著波光，因院內方灑過水，還帶有幾分潋灩。

亭內，雲琈捧著戚長君剛煮好紅棗枸杞茶啜飲，桌上還有一盤新鮮的花糕，糕體晶瑩潤澤，看著便不忍吃。

前幾日，雲琈養好了眼睛，又將傳承給了小二，如今梁君閣上下沒什麼事，全憑雲景湛發落，她於是能好好養病，兼享受戚長君的照顧。

換作之前，她定不敢如此心安理得的，但戚君實在太會寵人，不過幾個日子的工夫，她就感覺自己變得很是嬌氣了……

可是有人寵著她，她又怎能不嬌氣？

思及這些日子的親暱，雲琈不禁紅了臉，茶喝著喝著，越發覺得心甜，險些把臉給埋進去。

「阿琈可是要把杯子給吃了？」

溫柔失笑的嗓音喚回了她的思緒，雲琈微抬螓首卻沒看他，耳尖粉嫩，嘟噥地道：「我在吹氣……茶太燙了。」

戚長君在她身前坐下，一雙修長的手進入眼簾，從她手中取走杯盞。

「戚君——」

他端著她的杯子吹了吹。

她一愣。「我、我自個兒來就是——」

戚長君閃過她的手，頗為不解地道：「太燙了嗎？」然後抿脣喝了口，入口溫度適中。

她無辜地眨眼瞅著他。

見狀，他悶聲笑了下。很好，如今敢用這種態度對他了。

這幾日慣著她，果然是對的。

不明白他為何笑，她不解地仰眸看他——這模樣莫名有絲憨傻。

「阿琈，我明日要回去了。」

雲琈忽而發覺從他們在城外遇見，再到血麒麟一事完結，已經過去一個多月了。

如今她已大好，他……也該回戚府了。

「嗯。」她悶應。

這些日子晝夜相對，她習慣了生活有他，若他回去了……不習慣。

捕捉到她眼中閃過的不捨，戚長君溫言道：「所以，同妳商量件事。」

「戚君要我做什麼？」

戚長君伸手摸了摸她的頰，她一愣，乖乖地讓他摸著。「之前皇上曾說要為我賜婚，回頭我跟皇上提一句，他必然要問我娶的是誰……阿琈要認伏氏女，還是要認梁氏女？」

她猶在「賜婚」、「娶誰」中懵懂茫然，下一瞬「伏氏女」和「梁氏女」便齊刷刷地出現她耳中。

頓時腦子裡充斥著「他怎麼能確定」、「我說漏嘴過嗎」……的無數驚恐。

雲琌自認偽裝不錯，況且事關她的身世，小二不可能沒經過她的同意就到處說嘴——唯一能教他起疑的，大抵是從京兆尹出現之後，她便沒在他面前褪下人皮面具過。

雲琌倏地一驚，想起與穆陀一戰後，她自昏迷中醒來時，他曾經問她為何又戴回人皮面具——難道那時他就知曉了嗎？

「戚君……何出此言？」嚥了嚥口水，她吞吐地問。

戚長君輕笑，俊美的臉廓柔了下來，清俊地晃人眼目。「妳左耳有塊小胎記。平時被珍珠耳環擋住了，看不真切，不細看看不清。」

她左耳的胎記，莫非他認得？可是，他連當初怎麼施恩於她都不記得了，怎麼會記得這種事？等等，好似何處不對……

「我小時候抱過子鈺。」

他說：「小小的、軟軟的，又愛笑，笑起來甜得人心都要化了。後來長大了，每次見到她，她都用眼兒瞅著我，揪著袖子要抱……現在想來，妳的眼眉與那時仍極相似。」

她與戚君，還有那樣的過去嗎？遇到父親之前的記憶，她已全不記得了。

「妳不見那時已近三歲，就算後來記憶有失，妳也曾憑蛛絲馬跡去找過吧？梁君閣既能找到那麼多受穆陀所害之人，想必尋人之術十分精進，妳必然知曉自己真正的身世。我曾想過，是否因子珮之故，妳以為家人們已忘了妳，不願回去……可子玨說要尋妳時情真意切，妳聽了也沒有動搖，大抵是……妳不想回去。既然妳不想回去，那便不回去，只是……若妳不願認這個身分，至少，也與子玨說一聲，可好？」

雲琈沉默。難怪京兆尹這些日子不見人影，想來是被戚長君勸住了。

戚長君耐心地等她。

她握著杯盞的指尖捏了鬆、鬆了捏，好半晌才幽幽道：「我不是不想，而是不能……梁家數代家風端正，如何能在此時多個飛賊千金？況且，二姑娘受疼寵慣了，我若回去，只怕小姑娘心裡不好受。」

雲琈笑了笑，又道：「我這幾年已想得透徹，不打算認祖歸宗了。時間一久，他們總能接受的。且這些年，我未曾在他們身邊盡過孝道半分，事到如今又憑什麼回去享受？我行走江湖多年亦習慣了，大家閨秀那套，我學不來。」

戚長君蹙眉。可未能留在身邊侍奉父母一事，本不是她的錯。

「本來……我是想再晚個幾日，就讓小二告訴京兆尹，說梁大姑娘死了的。」

「嗯？」

「小十……與我年齡相同，五年前毒發身亡。我本想以小十替了梁大姑娘這個身分。」

話至此，他還有何不明白。

她是真的不願回去，不論是何理由，否則她不會將一切都安排好。

戚長君抿脣。「既如此，就用現在的名字吧。」

「不，別用雲琈。」她張口：「師父她不問世事已久，當初用她姓氏也是為了避人耳目，如今血麒麟之事已畢，既要承義父之女的身分活下去，該用她的姓名和姓氏才是。」

當初義父和義母說好，若能得二子，長子要入伏氏族譜，而次子則給雲氏繼承香火……小二承了雲姓，她是父親的女兒，自要認伏姓的。

「好。」戚長君頷首，對此表示沒有異議。

「……心琈。」她將名字道出，用指腹在他掌心寫下名字。「父親說師父乃是他心上美玉，以女兒名諱為證，故名心琈。當初玉珮上只雕了琈字所以，我以為是單名，後來義母才說是『心琈』。」

戚長君瞧著眼前朝他笑開的臉，半晌也笑了。

子鈺，心琈。

——不論是金是玉，眼前的女子，都是他心尖上的人兒。

「不過……戚君真要娶我嗎？我名聲不好，又非大家閨秀，與你門戶亦不相當……」從真實身分被識破的驚恐回神後，雲琈終於意識到這事。

戚長君輕聲一笑。「我因有幼時的婚約在身，即便對妳傾心，也不敢堂而皇之地訴諸於口，但我自認那些舉措不容人錯認……妳是仍不敢信，還是不想嫁我？」

怎麼就是不想嫁呢？雲琈忙不迭地搖首。「不不，才不是——」

他笑著按住她後腦，止住她動作。「既然妳不想回梁國公府，我就去退了那門婚，等處理好了，便請聖上下旨賜婚，娶妳過門——阿琈，等我好不好？」

雲琈咬脣，彤紅著一張小臉點頭。

◆◇◆

三日後，戚長君與梁國公府解除婚約一事傳得沸沸揚揚，甚至有人看見戚長君跪在梁國公府前，不多時，梁國公便將戚長君迎進府——

再無然後。

又三日，景元帝下旨賜婚，將太后義女懷純公主許配給定北將軍戚長君。

京城一片譁然，紛紛詢問這懷純公主又是誰？

聽到這個消息的雲琈終於忍不住了，當晚就收拾好包袱要離開，被雲景湛看見，喊住了她的步伐。

「等等、等等，大晚上的妳要去哪？戚君受傷妳不去看他，拎著包袱要逃婚嗎？」

雲琈沒忍住給他一個白眼。「誰要逃婚，你可有點眼力吧。」

「不逃婚，妳拎著包袱是要上戚府照顧戚君去？」雲景湛挑眉。

「不是，我要去戚府盜戚君。」

雲琈的語氣恣意風流，完全不覺得這句話哪裡不對，倒是把小二噎得不行。

「咳、咳咳……不是，戚君都是妳的了，還偷什麼偷啊？」

雲浮勾脣一笑，朝他眨了下眼，又嬌又豔的。「所以啊，我不是偷他的人，我盜的，是這郎情妾意。」語盡，身形一躍，不見人影。

雲景湛：「……」

……滾吧。丟人現眼的傢伙還是滾吧，滾得越遠越好，哼！

◆◈◆

是夜，星芒燦燦，一片寂靜。

戚府內，戚長君行動遲緩地往床榻而去，不過幾步路的距離，他額際竟泛起了冷汗。

他去梁府退婚時，本想避著人私下處理這事，不曾想梁夫人一聽他是去退婚的，當場將他拒之門外，他無法，只得跪在大門口，逼人出來——這一耗就耗到梁國公下朝，街上的百姓群起圍觀。

終於進門後，因負父母媒妁之約，又教梁府姑娘虛度多年歲月，梁夫人一氣之下，竟叫人打了他五十棍，他理虧在先便沒反擊，接著到梁家祠堂跪了一夜賠罪，看他心意如此堅決，梁府最終同意解除婚約，並揭過此事。

背後帶傷讓戚長君行動有些不便，連著幾日沒去梁君閣看雲浮，但雲浮竟也沒來看他……他不覺如何，只慶幸他這狼狽的模樣沒讓她瞧見。

忽地，一抹纖影翩然落在他門外，來人手疾眼快地把窗紙刺破一個洞，迷魂香的細弱白煙裊裊升起——全程悄然無聲。

戚長君眉尖一蹙，取出放在床上的劍，再拉過衣架上的外袍披身，屏住氣息，靜待來人破門而入。

候了一會，毫無聲息，他凝力往門邊劈去一劍！

那眨眼之瞬，他腳下一軟，渾身完全使不上力氣，眼前的景物也慢慢模糊，在目光陷入一片闃黑之前——

他隱約看見一抹雪青的裙角。

翌日，梁子玨上戚府找戚長君，順便探望他。他在前廳候了一會，卻只見小廝匆忙跑來，手裡捏著字條，哭嚷著不好了。

梁子玨接過字條細看——

聽聞定北將軍俊美無匹、端方清貴，今日一見，確為絕色。小女子甚是喜愛，今借將軍一敘，他日有緣奉還。

梁子玨：「……」

這熟悉的筆跡還有這個語氣……雲、琈！

借將軍？他從來沒聽過這等荒唐事！偷就是偷，說什麼借！那可是一國將軍啊！聖上都賜婚你倆了，這會還要鬧事！不能消停點嗎！

心裡咆哮一陣，冷靜下來的梁子玨撫額安慰了小廝一番，決定進趟梁君閣，將此事弄清楚，如實稟報景元帝。

一路上他都在想：皇上委以重任的定北將軍，被一名女飛賊毫無聲息的偷了，真是——都不知道要喊家門不幸還是國之不幸了。

◆◆

再醒來時，鳥語花香，晨光溫暖。

戚長君撐起身，趴臥的姿勢竟未讓他覺得胸悶氣短，而背後的疼痛亦減緩許多……他稍稍動了動手臂，全身毫無滯重感，反而覺得睡了這一覺，通體舒暢。

他拿起放在手邊的長劍下床。

提著心，戒備地往外走，戚長君回想著昏迷前的狀況，甫推門，一大片繽紛翠綠入目，兩旁的大樹偎靠而立，龐大茂密的綠葉青蔥，生機盎然。

他走出屋子，側耳聽了一會，右邊依稀有人聲，他往那處走去。

不遠的樹下，熟悉的背影躍入眼底，那抹雪青纖影正和小童子說話，小童子見著他，驚喜地對她叫了一聲。

雲琈轉過身來，在漫天燦爛的曦光中朝他微笑，清麗明媚的眼眉靈動得不可思議，滿目的風景都因為她的烘托，在他眼中方得壯麗波瀾。

她走了過來。

「戚君一路可有睡好？睡了三日，可還有痠疼不適？」

「我睡了三日？」戚長君驚訝。

「是啊，那日吹進窗紙的不是迷魂香，是安神香。也多虧是戚君，才能撐過盞茶的時間。」知曉他要問，她微瞇著眼笑答。

「為何要……只要妳說一聲，天南地北，我都隨妳去。」戚長君失笑。

雲琈彎著眼眉，這番話令她極為喜悅。

「你曾說，若我要盜你，你必當不作反抗。可我不願——小女子就想試試，成功盜走戚君是什麼滋味。」

戚長君捏了捏她柔嫩的臉頰。「如今嘗到了，滋味如何？」

「可好可好了！」

「不過，妳將我帶來這兒……」府上要大亂的。

雲琈道：「戚君放心，小女子在桌上留了字條的。」

他沒有多想，頷首問她這是哪兒。

「這是我師父隱居的藥王谷。師父讓我回來養一陣子，我亦存著讓戚君同我一塊養些日子的想法……更想趁此機會，將我倆的事同師父說一聲。你這幾年征戰西北，身子耗損不少，前些日子又受了杖刑……我那幾天沒去看你，就是在忙這些，戚君別同我生氣可好？」

「不生氣。」他抿脣一笑。

「那戚君與我一塊走吧？師父方才喚人來喊我，你恰就醒了。」

「嗯。」

「藥王谷還有很多漂亮景色，待我慢慢帶你去看——你會喜歡這兒的。」

「嗯。妳在哪兒，我就喜歡哪兒。」

她一愣，隨後彎起脣，眉目含笑。

「我也是。」

你在哪裡，我便喜歡那裡。

——天南地北，歸途是你，風雪無懼。

《全文完》

盜戚君

盜戚君

作　　者／桓宓
發 行 人／黃鎮隆
副總經理／陳君平
副　　理／洪琇菁
執行編輯／陳昭燕
美術監製／沙雲佩
美術編輯／王羚靈
國際版權／黃令歡、李子琪
企劃宣傳／邱小祐、劉宜蓉
內文排版／謝青秀

國家圖書館出版品預行編目資料

盜戚君 / 桓宓作. -- 初版. -- 臺北市：
尖端, 2020.04
面；　公分
ISBN 978-957-10-7919-6（平裝）

863.57　　108022040

出版／城邦文化事業股份有限公司　尖端出版
台北市 104 中山區民生東路二段 141 號 10 樓
電話：（02）2500-7600　傳真：（02）2500-2683
讀者服務信箱：7novels@mail2.spp.com.tw
發行／英屬蓋曼群島商家庭傳媒股份有限公司城邦分公司　尖端出版
台北市 104 中山區民生東路二段 141 號 10 樓
電話：（02）2500-7600　傳真：（02）2500-1979
劃撥專線：（03）312-4212
戶名：英屬蓋曼群島商家庭傳媒（股）公司城邦分公司
劃撥帳號：50003021
※ 劃撥金額未滿 500 元，請加付掛號郵資 50 元
法律顧問／王子文律師　元禾法律事務所　台北市羅斯福路三段 37 號 15 樓

台灣地區總經銷／中彰投以北（含宜花東）　楨彥有限公司
電話：（02）8919-3369　傳真：（02）8914-5524
雲嘉以南　威信圖書有限公司
（嘉義公司）電話：0800-028-028　傳真：（05）233-3863
（高雄公司）電話：0800-028-028　傳真：（07）373-0087
馬新地區總經銷／城邦（馬新）出版集團 Cite（M）Sdn Bhd
電話：603-9057-8822　傳真：603-9057-6622
E-mail：cite@cite.com.my
香港地區總經銷／城邦（香港）出版集團 Cite（H.K.）Publishing Group Limited
電話：852-2508-6231　傳真：852-2578-9337
E-mail：hkcite@biznetvigator.com

版　次／2020 年 4 月 1 版 1 刷　Printed in Taiwan